C
H
V

W0005871

Reinhard Lettau

Flucht vor Gästen

Roman

Carl Hanser Verlag

Der Autor dankt dem Deutschen Literaturfonds
und der Stiftung Preußische Seehandlung
für ihre Unterstützung.

1 2 3 4 5 98 97 96 95 94

ISBN 3-446-17845-7

Satz: Fotosatz Otto Gutfreund GmbH, Darmstadt
Druck und Bindung: Friedrich Pustet, Regensburg
Printed in Germany

Dieses Buch gehört
Dawn Teborski

I.

In Niedersachsen gibt es auf der Strecke von Uelzen nach Gümse eine Kreuzung, wo man entweder geradeaus weiterfahren oder nach links abbiegen kann. Von der Ampel aus, die diese Kreuzung reguliert, erblickt man in der Straße, in die man einbiegen wird, eine Reihe niedriger, zweistöckiger Wohnhäuser, tief eingelegte Fenster, aber so, daß man beim Vorbeilaufen hineinblicken könnte. An der Stirnseite der Kreuzung ein nach Eröffnung bald wieder geschlossenes Gasthaus, wo der Wirt, wenn es offen wäre und wir ein Bier bestellten, nach wortloser Hin- und Rückwendung des Körpers eine Flasche vor uns hinstellen würde. Freunde des Wirts gruppiert um eine auf einem runden Tisch ausgebreitete Zeitung, von der sie, jeder aus seiner gegebenen Position heraus, mit manchmal zur Schulter verdrehtem Kopf lesen. Stille der guten Stube.

Ich stellte mir vor, dort zu leben, in dem Stück Straße, hinter einem der Fenster des Parterre, Blick auf Ampel und Wirtshaus, nachts die Seufzer der Bremsen der Lastwagen von der Kreuzung. Nichts Fremdes. Keine Gefahr. Keine Frau, keine Post, keine Rettung, keine Not. Ähnlich in Beutow und nördlich von Meursault, wenn man nach Beaune fährt, gegenüber der Tankstelle: Ödnis, Zuflucht. Kommt doch mal einer: Geh' weg! Geh' nicht weg!

In diese Gegend geriet ich einer Arbeit wegen, an der ich seit Jahren schon saß und die mir Aufschluß verschaffen sollte über die festen Punkte der Erde, ein anfänglich heiteres Unternehmen, wie ein Spazierritt, indem ich auf einer über dem Kamin befestigten Karte der Erde die Länder mit weißer Farbe bedeckte, die man sich aus der Welt, so, wie wir sie kennen, wegdenken kann, ohne daß Schaden entstünde: Afrika, Asien, alles südlich von Suhl, so daß schon bald nach Beginn meiner Überlegungen nur noch Thüringen übriggeblieben war, und in der Mitte von Thüringen Erfurt, wobei ich noch hoffte, Korridore in einige Richtungen auffinden zu können. Zu diesem Zeitpunkt meiner Explorationen betrat uneingeladen Professor Waxmann, der nebenan gekauft, abgerissen und neu gebaut hatte, dergestalt, daß sein Haus nun dreistöckig, mit frech geschwungenen Balkons, über die Grundstücke von Nachbarn hinwegragte, indem z. B. der Nachbar Dellbrück, als er nach einer längeren Reise unvorbereitet ans Fenster trat, den Professor Waxmann über sich, in der Luft, auf einem neuen Vorsprung seines Hauses, erblickte, der ihm lächelnd zuwinkte: betrat also Professor Waxmann, der Eroberer, das Haus und erklärte, nach einem bitteren Seitenblick auf die über dem Kamin befestigte Karte der Länder der Erde, unserer Bäume wegen, die ihm die Aussicht versperrten, den Krieg und bald waren wir aus unserem Hause vertrieben, mehr hiervon später.

Beim Anblick der Gäste, wenn sie vor der Türe erscheinen, braucht man Überraschungen nicht zu befürchten, man lud sie ja ein, kannte sie also. Dennoch ist es immer wieder erstaunlich, zu beobachten, wie schlecht sie insgesamt aussehen. Zwar hat man sich dazu überredet, von Menschen, bei denen die Natur sich Freiheiten erlaubte, die ihnen Nachteile einbrachten, an anderer Stelle entschädigt zu werden, aber bei meinen Gästen läßt nichts, was sie vortragen, ihren Anblick vergessen. Solche Hemden streifen sich Religionsstifter über, Violonisten. Wer sich so kleidet, hat sich beurlaubt von den Kümmernissen der Welt.

Schilderte man die Ankunft der Dame im weitrandigen Gärtnerinnenhut, wie sie, unterwegs zur Treppe, einen Fuß vor den anderen setzt, dann könnte hieraus geschlossen werden, alles andere sei in Ordnung gewesen. Aber schon neben ihr, frisch aus dem Forst, tastet sich eine Jägerin die Treppe empor, an der Seite eines Schottischen Königs, in Wirklichkeit nur Professor der Ethnologie, später wimpernlos, Nußknackerlächeln, hochgeschwungene, feuchte Stirn, eine Philologin, die gemeinsam mit ihren Studenten im Seminar Filme betrachtet, die sie in anschließenden Diskussionen günstig beurteilt, in hautengen Hosen, aus denen sie platzen, zwei Dichter, die sich gegenseitig gern übersetzen: Ziegenböcke, Buntbärte, Waldmenschen, von denen einer weitere Glieder seiner Familie stets bei sich führt, die in der Halle umständliche Erklärungen, ihre Herkunft betreffend, abgeben, während die andern Gäste unbegrüßt hinter meinem Rücken die Räume prüfend durchstreifen, hier und dort, manchmal dampfend in Lederjacken, die sie nicht abgelegt haben, schon Möbel besetzend, auf die sie sich, ohne Rücksicht auf deren Belastbarkeit, krachend niederlassen, mit Handtaschen, die groß sind, den Eßtisch belegen, schon Brot zerkrümelnd zu Skulpturen formen, alle auf einmal redend.

Es stellen sich traurige Fragen. Könnte es sein, daß ich Gäste nicht mag? Wie habe ich es überlebt, so viele Jahre, mit so häßlichen Gästen?

Natürlich ist mir bekannt, daß die Klagen über die Gäste, von mir ausgehend, auch mich treffen als den, der sie ins Haus ließ. Und sogar noch dieses Geständnis zeugt gegen mich als den, der nun für schärfere Klagen das Feld vor sich freigeräumt hat, ist doch von dem, was ich melde, nachprüfbar nur, daß ich es melde, zeigt also auf mich als den, der es meldet, und dann noch meldet, daß er es meldet, also es gibt für mich kein Versteck, ich kann mich nicht mehr verstecken. Selbst die Erfindung eines gut aussehenden Gastes beschriebe nur mich als den Narren, der scheitert beim Versuch, andere glauben zu machen, es gäbe dergleichen. Vielleicht ist es so, daß es gut aussehende Gäste nicht gibt, vielleicht sind gut aussehende Gäste nur schlecht aussehende Gäste, an die man sich gewöhnt hat, vielleicht gibt es gut aussehende Gäste nur in glücklichen, anderen Ländern, vielleicht halten sie sich bei uns tagsüber versteckt und schwärmen erst nachts aus, wenn wir schlafen, vielleicht sind wir der einzige gut aussehende Gast, den kein anderer einlädt?

Was die zweite Frage angeht, so gewöhnt man sich entweder an die Gäste, dann freut man sich auf einen glücklichen Abend mit glücklichen Menschen, oder man tritt ein Leben als Einsiedler an. Ich selber warte immer noch, ob mir die Gäste nicht eines Tages gefallen, d. h. ich habe die Beurteilung der Gäste sozusagen verschoben bis zu dem Augenblick, wo ich aufstehen könnte und sagen: Zumindest dieser Gast hier gefällt mir! Inzwischen, während ich warte, dachte ich, beobachte ich die Gäste, vielleicht bessern sie sich? Weniger traurig, könnte man die Gäste, in den Keller gelockt, mit Hilfe kräftiger Gärtner in Livreen stecken und oben servieren lassen. Auch könnte man beim vom Fenster aus beobachteten Nähertreten der Gäste auf das Haus zu in einen früher ausgebauten Geheimgang flüchten, der uns im hinteren Garten, geschützt durch den Werkzeugschuppen, ans Tageslicht zum dort beim Zaun versteckten Wagen führte und weg in die Berge: gewünscht, geplant, oft ausgeführt.

Wir fuhren, das von Bäumen umstellte Haus in Del Mar zurücklassend, über Rancho Santa Fé und Escondido nach Eden Valley, dessen Betreten jedoch verboten ist, und von dort im großen Bogen über die San Pasqual Indianer Reservation und die abschüssig auf Mount Palomar hinführende Rincon-Reservation wieder über Encinitas zurück zur Küste, wo im Haus der Wind vom Meer durch die Fenster strich.

Noch in Del Mar, vor der Brücke nach Solana Beach zur Pferderennbahn hin abbiegend, begannen nach der durch den schlechten Schienenübergang erzwungenen Verlangsamung der Fahrt bei der Feuerwehrstation – flatterndes Sternenbanner, also wir fahren ins Landesinnere –, begannen die von der Plötzlichkeit der Flucht begünstigten, angenehmen Gespräche. Dawn, die die Sonnenblende heruntergeklappt hat und im Spiegel eine Nadel im Haar befestigt, erzählt, wie der Hund aufs Sofa sprang, das nicht mehr da war, so gewöhnt war er ans Sofa, also man erzählt einander, was man schon weiß. Sie hatte das Sofa von der hinteren, offnen Veranda, von der aus der Hund den Garten beherrschte, in seiner Abwesenheit entfernen lassen. Als er nach Hause kam, oder: Wie sie ihn jetzt nach Hause kommen ließ, sprang er ins Leere, was uns gefällt. Bauchgefühl in den schnellen, abschießenden Kurven beim Damm von Del Dios. Erwogener Aufenthalt dort. Abgebrochene Haussuche wegen befürchteter Hitze.

Das Vergnügen, hinter Escondido im Nu, wie es scheint, die Höhe zu gewinnen. Urplötzlich Langweile am Obststand, Begrüßung der Langweile. Frohe Aussicht auf Lake Wohlford, dessen Anblick uns durch Verbotsschilder der Anlieger – immer wieder der Privatweg von Dr. Jenssen –, versagt ist. Nicht schießen, ich habe auch einen deutschen Namen! Hier im Gestrüpp um Eden Valley herum, das sich immer weiter entfernt, wir hatten es doch entdeckt. Ratlos im trockenen Gras, über der ausgebreiteten Karte. Angst vor Schlangen. Zurück zum Wagen und hole das Messer. Später hastiges Pflücken der Blumen wegen drohender Kühe?

Hilfloser Spaziergang in Julian, unnötig wie Touristen, die kleinen Straßen hoch, die zwei Schritt wieder hinunter. Die Häuser, jedes für sich, durchsichtig, hingestellt, paar die Hügelchen hoch, wegdenkbar. Versuchsweise Bewohnung der Häuser im zur Schulter gelegten Kopf. Streit über die Einrichtung, wer wo wohnen würde? Jeder auf einer Seite des echten Gefängnisses, wir winken uns, jeder auf seiner Seite, durch die Zellen hindurch zu. Im Drug Store starker Geruch des Holzfeuers im Kamin. Wahlloser Griff nach Postkarten. Plötzliche Müdigkeit. Seitlich Schneereste auf der Rückfahrt. Hastige Limonenernte am Straßenrand, Dawn schüttet sie aus dem angehobenen Rock in den Rücksitz. Nach einer Unterhaltung über Wildkatzen erwogener Einkauf einer Schrotflinte in einer Waffenhandlung in Escondido.

Fünf Minuten vor Santa Fé kommt uns auf der Heimfahrt Jesus Christus entgegen, ernst wie auf einem Bild über einem Bett in einem Gasthaus in der Rhön. Ahnung, daß dies ein Tag war, an dem viel passiert ist. Geheimer Beschluß, die Freude hierüber auf den morgigen Tag zu verlegen, wegen jetzt mangelnder Kraft? Bald wäre die Welt voller Schauplätze kraftlos erlebter und daher verschobener Freuden? Befürchteter Verlust der Konzentration des ersten Anblicks.

Wir erwägen, die eben veranstaltete Tagestour gleich am nächsten Tag zu zweit zu wiederholen. Durch tägliche Wiederholung der Reise, über einen längeren Zeitraum hin, Beobachtung winziger Abweichungen, Ausschaltung neuer Bedingungen, Vermeidung von Unbekanntem, so daß wir nun die Reise mit sich selbst, statt mit etwas anderem, z. B. einer anderen Reise, vergleichen könnten, was bedeutungslos wäre, denn es soll nichts passieren, nichts Auffälliges, nicht Unvergeßliches, nichts anderes.

Ganz sicher ist jedenfalls, bei der Rückkehr ins dunkle Haus, der Anblick der alleingelassenen Sachen, die etwas enttäuschen. Im Moment des Wiedersehens erinnert man sich, sie vergessen zu haben. Nun aber, da man sie sieht, erfindet man als Bedingung des Wiedersehns, daß sie besser aussehen, als hätte man sie überrascht. Einschlafen wie in den Schulferien.

Ich hatte elf Töchter. Die erste hieß Dora, und natürlich liebte ich sie, da sie die erste war, mehr als die andern. Die seufzend durchschwebte Jugend dieses Kindes bezauberte mich. In ihrer Langsamkeit glich diese Jugend dem Ablauf eines nicht endenden Sonntags im Sommer. Hüsteln entfernter Spaziergänger im Park, wenn sie im Zimmer in einem Buch las oder, wie es häufiger geschah, sich mit Blumen beschäftigte, ließ sie erzittern, doch heiratete sie dann einen Ingenieur, der den Kragen seines Oberhemdes über das Revers seiner Jacke zu drapieren beliebt.

Meine zweite Tochter Anna war hübsch anzusehen, bis eines Tages ein unangenehmer Ausdruck in ihr Gesicht trat. Mit einer weiten Bewegung, bei gleichzeitig kühn zurückgehaltenem Kopf, warf sie sich Shawls um die Schultern und: weg zu Bällen mit federndem Schritt. Ihren Verlobten, der ihr in ihrem Quartier – er nennt es das Hauptquartier seines Glücks –, häufig die Aufwartung macht, kann ich, ohne Kraft, wie ich bin, nicht beschreiben. Ich höre, daß er jetzt einen Vollbart trägt; schön ist das bei einem so kleinen Mann natürlich nicht.

Meine dritte Tochter hatte das Profil eines Vögelchens. Sonst war sie recht kräftig. Wie auf einem breiten Plateau durchrollte sie die Welt, in der sie gern über Hauskäufe verhandelte oder Verträge mit in der Luft vorher schon zuckender Hand unterzeichnete: Manöver, die der Herr Gemahl rasant nannte. Bewundert, rief er, Temperament! Er selbst stammt aus einem vielfach verkeilten Land, dessen genaue Plazierung uns, wenn er streng nachfragte, immer wieder mißlang.

Ein wiederkehrendes Erlebnis, das mich im Umgang mit Gästen ermüdet, ist die Überprüfung der Gegenstände des Hauses auf ihre Echtheit: Klangprobe am Kristall, Behauchung des Spiegels, Entenbeklopfung. Nämlich nach Einnahme eines ordentlichen Mahles deutete aus seinem Sessel einer meiner Gäste nach oben auf die Ente, die auf dem Kaminsims steht, in der ich Notizen verwahre, und fragte, ob es eine wirkliche Ente sei? Nachbildung einer Ente in natürlicher Größe, die Antwort. Nein, ob sie echt sei? Griff, ohne sie zu erreichen, kurzatmig zur Ente. Während ringsum die Gäste verstummten, gelang es dem Mann, im kecken Sprung die Ente zu fangen. Nebeneinander im Sessel beklopfte das Paar die Ente auf ihre Richtigkeit hin. Offenbar verhält es sich so, daß diese Tiere, um Anerkennung zu finden, aus einem bestimmten Holz gefertigt sein müssen.

Auch werden beim Nachtisch Tassen, auf denen Wasserschlösser, wachsrot, erstaunte Spaziergänger, hellblaue Wälder zu sehen sind, in denen man sich verlieren möchte, mit schiefem Kopf von unten, wo kein Bild ist, betrachtet, still wieder niedergesetzt, es war also alles in Ordnung unter der Tasse, wobei ich zugeben muß, daß ich dies erst beobachtet habe, nachdem ich es geschrieben habe, d. h. ich habe es mit der Hand geschrieben und danach, als die Gäste kamen, mit den Augen gesehen. Ferner sah ich, wie man, Lippen gespitzt, einen Löffel wie eine Stimmgabel blitzschnell auf die Kante des Tisches hinabsausen ließ, von der man die Tischdecke weg in die freie Luft hob, oder es wurde eine Flasche ergriffen, aber so, daß, während die umfassende Hand die Flasche leicht wendete, der Daumen in der Nähe des Etiketts durch eine wischende Bewegung auf etwas hinwies.

Und welcher Glücksrausch hat die Gäste ergriffen, daß sie, wenn eben zum Essen geklatscht wird, statt dessen hinspringen zum Kamin, um dort durch Betätigung der Klappe, Abbrennen einer Zeitung, die sie vom Nebentisch entfernt haben, den Zug des Schornsteins zu überprüfen oder, während die Gesellschaft im Begriff ist, sich zu setzen, nebenan Teppichkanten anheben, rollend zurückfallen lassen? Ohne Schuld im Gesicht erhebt sich ein Gast und verändert die Lichtverhältnisse, indem er die am Serviertisch meiner Ansicht nach günstig plazierte Lampe kurz löscht, anschließend vom Schalter, von der Tür aus, das einzig verbleibende Licht über dem Eßtisch derart verdunkelt, daß wir ihn kaum als Schatten zum Tisch zurückhuschen sehen: Wie früher! ruft er hinzu, wie früher! Nun muß man daran erinnern, daß er aus einer Gegend kommt, in der man, um nicht melancholisch zu werden, um sich herum lieber nichts sieht, noch, aus Gründen der Sicherheit, selber gesehen sein möchte. Auch verspricht die Verdunklung des Eßtischs eine Verzauberung der Speise, man möchte dem Dinner eine intime, womöglich verruchte Nuance verleihen.

Als unwürdig und invasiv empfinde ich aber die ewige Kritik an der von mir bevorzugten kreisförmigen Anordnung von Früchten der gleichen Sorte auf einem einzelnen Teller, je nach Größe der Früchte zwischen neun und fünfzehn Stück. Wird vom Birnenteller eine Birne entfernt, muß ein kleinerer Kreis auf dem Teller gebaut werden, bis später immer kleinere Teller die immer kleineren Kreise akkomodieren. Noch für fünf Pfirsiche reicht eine vielleicht hellblaue Untertasse, für drei eine winzige Schale, so daß die Früchte wie von allein über dem Nachttisch schweben.

Auf diese Weise befinden sich zumindest Teller und Schalen auf einer unendlichen Wanderung durchs Haus, statt arbeitslos, ohne Würde in Kammern zu dämmern oder folkloristisch Gemischtes vortragen zu müssen.

Dagegen sind Häuser, in denen Teller, auf denen Früchte, übel vermengt, vergessen werden, die Häuser von Toten.

Übrigens hat diese kreisförmige Anordnung der Früchte den zusätzlichen Vorteil, daß Gelegenheitskonsumption von Gästen kontrollierbar ist, da die Strenge des Rings die Entfernung einer einzigen Frucht nicht erlaubt, ohne daß eine Lücke erscheint, deren Schließung dem ungeschulten Gast – nötig ist das geschwinde Zusammenspiel aller Finger zugleich –, immer wieder mißlingt.

Nachteil: Zum Zirkel gezwungene Früchte erleiden Druckstellen, die sie frühzeitig faulen lassen.

Am Abend, in der plötzlichen Dämmerung der Berge, gingen wir die Twin Lakes entlang, die Hunde suchten seitwärts, als uns Leute zuriefen aus einem Jeep, der außerhalb der schwachen Uferbewaldung im Gelände zum Stehen kam. Als wir ihre Stimmen wahrnahmen, bemerkten wir an der Heftigkeit ihrer Gesten, daß sie schon eine Weile gerufen haben mußten, bis wir sie endlich hörten. Sie zeigten auf etwas, was hinter uns war.

Als wir uns umdrehten, bewegte sich dort, zehn Fuß entfernt, ein riesiger Bär, im Begriff, dem jungen Retriever, der hinter den anderen Hunden zurückgeblieben war, seitlich zu folgen. Durch lärmendes Herumspringen und Winken gelang es mir, das milde Tier zur Umkehr zu bewegen. Ohne Eile wandte er sich zur Seite und ersprang dann, in einem einzigen Satz, den Stamm einer Kiefer. Verlegen klebte er dort, sechs Fuß über uns, und beobachtete unseren Rückzug, für mich ein Triumph. Wenn wir jetzt alle abends beim Feuer sitzen und die Sache besprechen, haben wir schon allerhand erlebt. Nur den Gast, der hier eintritt und schon von der Treppe aus ruft: Wie schön, wie ihr dasitzt, mit den Hunden, mit denen ihr in der Sierra Nevada eine ganze Menge erlebt habt! gibt es nicht.

Also ein Gast, den wir seit Tagen bei uns beherbergen, ergreift uns, während wir eben die Diele durchqueren, beim Arm und bittet uns flüsternd für eine Minute ins Wohnzimmer. Wir setzen uns zu ihm aufs Sofa, er zeigt ins Zimmer hinein und sagt: Du hast ja einen Kamin! oder: Du hast ja einen Garten da draußen!, wobei das »ja« bedeutet, daß wir beides bisher nicht wahrgenommen haben, oder, was auch möglich ist, gehofft hatten, ihm die Kenntnis dieser Sachen vorzuenthalten. Tatsächlich, müßten wir nun entgegnen, da ist ein Kamin! oder: Ich hatte gehofft, du hättest ihn nicht bemerkt!

Oder ein Gast, gleich nach der Ankunft, bewirkt hier große Veränderungen. Ein schlechtes Zeichen ist es ja schon, daß er zu früh erscheint. Angeblich hat er vom Bahnhof hierher eine Abkürzung gefunden und ist daher, trotz Gepäcks, zwischen dem er jetzt in der Diele unbequem steht, Stunden zu früh hier erschienen. Wir hätten ihn lieber länger erwartet, noch lieber ihn aus dem Innern des Hauses durch einen Wink erst zum Zutritt ermutigt. Aber nun ist er hier. Die Hände hat er noch in den tiefen Taschen des offenstehenden Reisemantels, den er vorläufig nicht aufgeben will, verborgen.

Es ist kein feindlicher, aber auch kein dankbarer Blick, den er über die von der Diele aus sichtbaren Gegenstände des Hauses hinwegeilen läßt. Wiederholt kehren die Augen zu einem Bild zurück, auf dem zwei Monarchen dargestellt sind – jeder in der Uniform der Armee des anderen –, die sich in Gegenwart heiterer Offiziere begrüßen. Auf dieses Bild, das ich vor vielen Jahren, an einem stillen Nachmittag, in Vorbereitung eines Festes, in der Hoffnung, meinen damals noch gesitteten Gästen eine Freude zu bereiten, gerahmt und hier aufgehängt habe, tritt er zu, hebt es sanft ab von der Wand und sagt etwas zu mir, was darauf hinausläuft, daß es seiner Ansicht nach dort schlecht hängt.

So fängt es an, aber später höre ich aus dem Gästezimmer des zweiten Stocks, in das er sich zu einem Mittagsschläfchen zurückgezogen hatte, starke Geräusche, wie bei einem Umzug, und wirklich durchquert er mit der bisher im Gästezimmer untergebrachten Kommode schräg und atmend die Diele. In solchen Momenten lege ich mir die Frage vor, ob ich zur Aufnahme von Gästen noch geeignet bin?

Nun bin ich wehrlos, wenn sich in die zähen Träume des späten Vormittags, durch welche man sich aus der Nacht herauswickelt, die regelmäßigen Schritte des vor dem Schlafzimmer hin- und widerschreitenden Gastes mischen, der, durch das vor langem erledigte Frühstück gestärkt, berstend vor Abenteuerlust, mir, wenn ich aus der Tür des Schlafzimmers hervortrete, im Weggehn, über die Schulter hinweg, etwas Häßliches zuruft. Noch widriger ist es, wenn ich, kaum daß ich am Abend, im Bett querliegend, in den schönsten Schlaf verfallen bin, nach einem Zeitablauf von, meiner Ansicht nach, einer halben Minute ins Leben zurückgerufen werde vom Gast, der den Morgen meldet. Das Gefühl, daß der Tag mit einer Niederlage beginnt, läßt sich nicht unterdrücken. Da ist es kein Trost, daß er vorschlägt, wir sollten heute das Frühstück gemeinsam einnehmen – offensichtlich sein zweites Frühstück, wie ein Blick in die Küche uns lehrt.

Über die Küche kein Wort. Als Küche kann sie erkennen, wer sie von einem ganz bestimmten, durch Hin- und Hertreten zu ermittelnden Standort aus betrachtet, wenn er zugleich den Blickwinkel links und rechts durch Wölbung der Hände zum Fernrohr begrenzt. Unter dieser strengen Bedingung, wenn sich der Betrachter nicht heftig bewegt, ist es eine Küche. Ein Blick nach links, wo es brennt, oder rechts, wo der Gast winkt, und man erblickt ein Stilleben, betitelt: Überlebender der Ausschweifung.

Türen der Kammern und Schränke, auch Fächer und Laden, wie nach Durchzug einer fremden Armee, stehn offen und entblößen den Inhalt, man sieht die erschrockenen Dinge. Ein von meiner Erdbeermarmelade überquollenes Stück Toast ragt über den Rand des Tisches hinweg in die Luft. In seiner Umgebung ist die Tischdecke rötlich verfärbt. Ein Brotlaib liegt auf dem Rücken, mit der gewölbten, runden Seite nach unten, so daß ein Stoß gegen den Tisch dieses Brot sowie die ebenfalls falsch gelagerte Seife – die flache Seite ist oben –, zu Boden schleuderte: mit den – in zivilisierten Ländern, so, wie wir sie kennen – seit tausend Jahren gefürchteten Folgen für Haus, Familie und Land.

Auf der untersten Stufe des Treppchens, das in die Vorratskammer hinaufführt, auf dem Teller bei einer Tasse, in der sich etwas bewegt, erstarrte Reste einer lustlos abgebrochenen Mahlzeit. Dieser Teller selbst, ein Geschenk meiner Lieblingstochter, ist, so, wie er plaziert ist, falsch plaziert, indem das auf ihm abgebildete, tiefverschneite Haus mit Pferdeschlitten, in welchem in dicke Pelze gehüllte Menschen, von denen einer die Peitsche erhebt, fein abgebildet sind: indem also dieser Teller aus Stumpfsinn oder Bösartigkeit auf den Kopf gestellt ist. Eine unbarmherzig geöffnete und barbarisch wieder verschlossene Flasche Rotwein – während der hastigen Öffnung zerkrümelten Teile des Korkens, der dann, unbearbeitet, als Brocken, mit der schadhaften Unterseite zurück in die Flasche gestoßen wurde – zeugt von lieblosen Zechereien. Eine Sauce hat der Gast sich über den Henkel des Topfes hinweg serviert. Im Salzfaß sind die vielgescholtenen Berge und Täler, und was man im Spülbecken sieht, kann man ohne Schmerz nicht beschreiben.

Nun könnte man einwenden, daß ich zu empfindlich bin, mehr Härte in der Beurteilung meiner eigenen Person wäre angebracht usw. Auf diesen Vorwurf gibt es zwei Antworten, eine lange und eine kurze. Die kurze Antwort ist: Nein! Die lange Antwort ist: Ich bewege mich auf die Siebzig zu, und es liegen folgende Operationen hinter mir: Rückenoperation, Brustoperation, Stirnhöhlenoperation, Kiefernoperation, Magenoperation, und kürzlich hat man mir an der linken und an der rechten Hand Fingernägel, unter denen es eiterte, abheben müssen, zugegebenermaßen wegen meiner Angewohnheit, bei Streitgesprächen meine Argumente durch blitzschnelle, heftige, klopfende Schläge des gekrümmt vom Tisch wegprallenden Mittelfingers zu verdeutlichen.

Was den Zustand meiner Zähne angeht, so herrscht

im Moment folgende Situation. Rechts oben und links unten ist alles in Ordnung. Da jedoch die korrespondierenden Ober- und Unterteile teilweise wertlos, teilweise problematisch sind, sehe ich mich gezwungen, mit den Schneidezähnen – in Wirklichkeit einer aus vier Zähnen bestehenden, dem Verfall zustrebenden Brücke – zu kauen, die unten Mitte auf eine Gruppe langhalsiger, sehr mutwillig einander zugewendeter Zähne trifft, die schon vor einem halben Jahrhundert angeblich nirgendwo wurzelten. Rechts unten erstreckt sich eine bereits zweimal – zuletzt bei meiner dritten Rückenoperation – eingestürzte Brücke, endlos, wie eine Landebahn, bei deren Neubau die oberen Zähne, zur Ermöglichung eines Bisses bis auf die Nerven abgeschliffen werden mußten, so daß kalte Speisen hier glühende Schmerzen auslösen, wobei man sich epileptisch gebärdet. Schließlich klackst links oben beim Essen und Sprechen das falsche, aus Porzellan gebildete Anhängsel an einem seinerseits falschen Zahn, der sich lockerte. Hinzu kommen, nicht heilbar: Atembeschwerden, Augenschwäche, Stimmungsschwankungen, gegen die ich mit Medizinen vorgehe, die mir Alpträume bereiten, die mir durch Schlafverlust wiederum den Humor verderben usw.

Das Neuste ist, daß ich von mir veranstalteten Essen angeblich nicht mehr vorsitzen kann. Man beklagt, daß ich angeblich beim Essen einschlafe, dann aber aus diesem angeblichen Schlaf plötzlich aufschrecke und blitzschnell Gläser, Teller, auch Silber vom Tische entferne. Es kann aber beides nicht zutreffen. Entweder ich entferne Gedecke, dann schlafe ich nicht, oder ich schlafe, dann speisen alle in Ruhe. Daß es aber der miserable, zivilistische, schlappe Charakter der Konversationen ist: Schaustellung, Unernst, Konsensus, Feigheit und Dummheit, sowie die jugendlichen Vorgänge am Tisch, die mir keinen anderen Ausweg lassen als Totschlag oder Vortäuschung des Schlafs, ist noch keinem eingefallen.

Meiner vierten, sehr geliebten Tochter gab ich den Namen Else zu Recht. Essen, trinken und lachen kann man mit ihr wie mit einem Kameraden. Sie ist schnell, mutig, zäh, beweglich wie eine Bergziege, die sich allerdings bei Niederschrift dieser Beobachtungen tief im Dickicht verstrickt hat.

Im blonden, fliegenden Haar glich meine fünfte einer Fee. Sie schwebte im Wind mit irrenden Augen. Der Anblick der für geisterhaftes Betragen zu starken Person erinnerte mich an ein Märchen, in dem tonlos etwas sich auflöst. Tatsächlich, nach Abschluß einer wohl strengen Lektüre, trat das Kind, fast ohne Haar, das es sich abgeschnitten hatte, aus seinem Zimmer, die Augen schlug es zu Boden.

Meine sechste Tochter schnappt viel nach Luft. Sitzt man ihr am dunkelnden Nachmittag auf der Couch gegenüber und beobachtet die wiederkehrende Öffnung im bleichen Gesichtchen, umgeben übrigens von irgendwie abgenagtem Haar, so könnte man glauben, sie wolle hiermit zu verstehen geben, wir alle trügen die Schuld für diese Beschwerden. Aber so viel Luft, wie sie zu benötigen scheint, gibt es hier nicht. Sie, die immer tut, was sie will, bereitet sich auf den Tag vor, an welchem sie alle uns zustehende Luft in tiefen Zügen aus dem Zimmer heraussaugt, so daß sie als einzige, blaß, aber siegreich, auf dem Sofa weiterschnappt, während wir röchelnd von den Möbeln herab im Teppich ersticken.

Wir machten uns auf, einen Freund zu besuchen, der, seinen Briefen und der Landkarte zufolge, an einem See sich ein Haus baute. Obwohl wir nicht darüber sprachen, war es doch so, daß wir beide, unterwegs zum Freund, das Haus am Ufer des Sees erwarteten, wo die Wellen durchsichtig im flachen Kies auslaufen würden, so wie man sich einen Freund, der nach London umzog, beim Trafalgar Square denkt. Tatsächlich fuhren wir auf einer mit dem Lineal gezogenen Straße, die wie auf einem leicht geneigten Tablett in den Horizont hinauflief und dann in Windungen unübersichtlich und gefährlich wurde – es entstand vielversprechender Waldwuchs –, durch einen freundlichen Ort, zu dessen Füßen, weit unter uns, der See lag.

Gierig wollten wir an den See näher heran, aber die Straßen hörten in der Nähe des Sees auf, waren durch umzäunte Anwesen, einmal eine in den Weg gebaute Lagerhalle versperrt. Leider waren auch um den See herum keine Bäume, und wir fragten uns, ob den Einheimischen dieser Mangel bekannt sei. Ist es nur in der Kindheit, daß ein See nur ein See genannt werden darf, wenn Bäume drumrumstehen? Wie könnte man sonst: plötzlich an einen See kommen? Und nach langer Wanderung kamen wir plötzlich an einen See. Einen See, den Sie schon lange gesehen hatten? Oder war es nicht doch ein Wald, der, im Interesse der Sprache, den See bis zuletzt versteckte?

Statt also der Brandung näherzukommen, wo die Wellen sich brachen, mußten wir, um das Haus zu erreichen, vom See weg abbiegen in eine kaum begonnene Straße, in der als Trost ein Auto mit einem auf dem Dach befestigten Ruderboot geparkt war. Die Besichtigung des dachlosen Hauses: einer blonden, überall einsehbaren Holzfläche – auch Seitenwände waren noch nicht hochgezogen –, brachte keine Erlösung. Schatten nur auf einem spärlich bewachsenen Hügel mit den Büschen, die man als Kind schon langweilig fand, sosehr man sich auch darauf konzentrierte, sie zu sehen, wie man sie sehen würde, wenn man mit einer dringenden Botschaft an ihnen vorbeigaloppierte.

Aber nun saßen wir dort im Gras, das schöne Mädchen ganz nah aus Prag. Von einer Erfrischung konnte hier die Rede nicht sein. Ausgehungert jagten wir in die Ortschaft zurück, den betrübten Freund, der vor seiner Baustelle winkte, noch lange vor Augen.

Es erreicht uns ein Brief, in dem ein Unbekannter sich zu einem Besuch von zwei Wochen anmeldet. Für eine Absage ist es zu spät. Schon vom Flugplatz aus ruft er an, ob ein Zimmer bestellt sei? Später am

Telephon klingt seine Stimme nah, als spreche er neben uns, neben dem Ohr. Gegenüber hat er ein Hotel bezogen, aber beklagt die Unauffindbarkeit unseres Hauses, das er vergeblich gesucht habe. Man erklärt ihm, daß ich erst morgen nachmittag von einer Weltreise zurückkehre. Nach zehn Minuten hören wir ihn unter dem Fenster, im Kreise der Gärtner, die er zu sich gerufen hat. Er rügt die ungeschickte Anlage der Häuser in unserer Straße.

Am nächsten Tag, in der Diele, wegen ihrer lang unterdrückten Vorfreude von den Hunden umwedelt, äußert er nichts über die Hunde, als seien im Haus keine Hunde. In diesem Moment der Ankunft, die, wie jede Ankunft, eine plötzliche Ankunft ist, über die der Schrecken herrscht, und die nur zugerufne Worte, angefangne Sätze, hingehauchte Komplimente, aber keine Ansprachen duldet, trösten uns sonst bewundernde Rufe in die Richtung der Hunde, die dem Gast imponieren wollen, indem sie zum entfernteren Schrank, dann zu ihm zurückjagen, mehrere Male, als hätten sie dort eine Überraschung versteckt. Aber der Gast, mit zuckendem Blick, erwähnt nur die Reise, und setzt dann zu einer von widersprüchlichen Gesten begleiteten, vorsichtig eingeleiteten und gründlich fortgesetzten Darstellung seiner gegenwärtigen Lebensumstände an. In der Stube öffnet er eine Ledertasche und legt eine Gruppe von sechs Pfeifen auf den Tisch, als sei er nach Kalifornien geflogen, um Pfeifen zu zeigen.

Die Hunde haben Sie wohl nicht bemerkt? Hunde? Welche Hunde? Aber bei Tisch, als eben die Suppe vorgelegt wird, flüstert er in die Stille hinein:

Die Hunde machen schlimme Auftritte! Und, als sich keine Gegenrede erhebt: Die Hunde riechen. Sein Engagement für eine moderne Gesundheitsidee hat seinen Geruchssinn, wie er mitteilt, derart geschärft, daß er aus benachbarten Ortschaften Sachen riechen kann, im Vergleich zu welchen der ölige Geruch der eben vom Schwimmen heimgekehrten Tiere eine Wohltat sein müßte. Aber jetzt trägt er die Beobachtung vor, daß die Hunde falsch aussehn. Beim ersten Hund ist das Fell angeblich zu glatt, Nase zu lang, beim zweiten der Nacken albern gelockt, Fell zu hell, beim dritten erhebt sich der gewedelte, angeblich zu spärliche Schwanz zu steil in die Luft, fast nach vorn, Hinterläufe zu lang, alle drei sind zu fett, einer atmet asthmatisch. Nun ist der erste Hund wirklich ein Spürhund, daher die Nase, der zweite ein Labrador, daher das Fell, der dritte ein Welpe, dessen Schwanz sich später noch auffächern wird.

Als er sich nun, zu unserm Erstaunen, als Freund der Natur zu erkennen gibt, male ich mir, benommen durch dieses Geständnis, eine Antwort aus, die in ihrem Charakter militärisch ausfallen müßte. Mitten im Wort oder in einer Bewegung würde ich erstarren, eine entferntere Stelle fixieren auf dem Anrichtetisch, vom Gast halb verdeckt, die Karaffe. Die Tiere, die alle Vorgänge im Gesicht ihres Hauptmanns mit Spannung verfolgen, würden die Köpfe anheben und knurrend in die Richtung des vermuteten Feindes hinstarren, wobei regungslos ihre Augen von einem Zucken um meine Lippen oder kaum vernehmbaren Graulen das Signal zur Bestrafung des Gastes erwarten würden, welches sie allerdings, da ich es nie erteilt habe, nicht befolgten. Ich schicke die Tiere lieber vors Haus, wo der Gast sie allerdings noch immer, zu seiner äußersten Betrübnis, riechen zu können behauptet. Wenn ich schon sterbe, flüstert er mit der Gebärde eines ganz Hoffnungslosen, möchte ich mit einem guten Geruch in der Nase sterben!

Solche Gäste verwandeln sich beim Weggehn womöglich in Feinde. Vielleicht stellten sie sich hier nur ein in der Hoffnung auf Feindschaft. In einer Welt, aus der die gemütlichen Feinde, auf die Verlaß war, verschwanden, wächst der Hunger nach Streit in der Nähe, wo man sich aufhält, nicht so weit hinlaufen muß. Von den früheren Feinden, die sich besiegt haben, sind sie enttäuscht. Nun ziehn sie herum auf der Suche nach besseren Feinden und treffen auf mich, aber ich bin vorbereitet.

2.

Von einem bestimmten Punkt an ging es mir auf dem Lande sehr schlecht. Je langsamer ich mit meiner Arbeit vorankam, desto umständlicher die Anstrengungen, diese Müdigkeit zu verbergen, d. h. ich war bald nur noch darum besorgt, mich nach außen hin so zu verhalten, als würde ich schreiben, damit meine Frau, von der ich vermute, daß sie mich nur duldet, solange ich schreibe, mir nicht auch noch verlorenginge nach dem Verlust von Haus und Land. Ich erfand also angeblich zurückgelegte Erzählstrekken, durch deren mündliche Mitteilung ich sie mir erhalten könnte. Aber der Tag würde erscheinen, an dem ich mit leeren Händen vor sie hintreten müßte.

Denn seit der Rückkehr nach Deutschland gefällt mir nichts mehr, sogar die Klage hierüber und mit ihr ihr Vortrag erlischt, was meine Frau, wenn sie es erführe, beunruhigen würde, so daß ich ihr also nun abends erzähle, was ich tagsüber angeblich aufgeschrieben habe und was ich in Wirklichkeit, wenn überhaupt, erst schreibe, nachdem ich sie durch die Mitteilung, es geschrieben zu haben, hinhalten konnte. Inzwischen arrangiere ich in meinem Zimmer Papiere, Bücher, halbleere Tassen und Gläser in der Weise, daß dort der Anblick eines Zimmers entsteht, in dem gearbeitet wird.

Gestern habe ich meiner Frau erzählt, daß ich geschrieben habe, daß man, mit dem Anspruch, es ernst zu meinen, nicht schreiben kann, weil die hierfür notwendige, günstige Einschätzung der eigenen Person nur möglich war unter der Bedingung, daß man sich irrte. Dagegen sei es eigenartig, daß man mit dem Anspruch, es ernst zu meinen, durchaus reden dürfe.

Es beginnt ja damit, fuhr ich fort, während meine Frau aufhorchte, daß die Leute, mit denen wir reden, sich ihrerseits ganz ernstnehmen, uns also verzeihen, wenn wir uns ernstnehmen, sich sogar enttäuscht abwenden würden, wenn wir nach einer längeren Debatte durchblicken ließen, daß wir es nicht ernst meinten.

Nun ist aber der Nachteil des Sprechens die Unterbrechung der Rede durch der vermuteten Erzählrichtung vorauseilende Fragen, die, wie bei einem polizeilichen Verhör, nur noch bejaht oder verneint werden können, z. B. mitten in unsre Erzählung hineingerufen die Frage: Nach Santa Cruz sind Sie wohl nicht gekommen? Nun wird dieser Ort, den wir uns eines ungewöhnlichen Vorfalls wegen für später aufgehoben hatten, vor unsern Augen appropriiert, oder es schlüpft einer der hier so häufig anzutreffenden Vielbereisten belehrend in eine winzige Pause hinein, zu der uns ein kurzer Husten zwang, jedenfalls hier, wo ich mich gegenwärtig aufhalte, habe ich, ohne daß dies bemerkt worden wäre, seit einem Jahr nicht mehr gesprochen, obwohl ich anfangs durch zaghaftes Klopfen, Winke, Rufe, meinen Wunsch, etwas zu sagen anzumelden versuchte, d. h. man schreibt, um nicht unterbrochen zu werden. Ich will nicht unterbrochen werden, also schreibe ich.

Heute habe ich mich daran erinnert, daß ich geschrieben habe, wie ich im Krieg in Erfurt auf dem Weg in die Gutenbergschule plötzlich bemerkte, daß ich zur ersten Stunde, selbst wenn ich schnell wie ein Pfeil oder ein Gedanke durchs Fenster in die Rechenstunde hineingeflogen wäre, auf jeden Fall zu spät kommen würde; wie ich daraufhin aber eine merkwürdige Ruhe gewann, die mir offenbar gerade jetzt abhanden gekommen ist: eine Leichtigkeit, die in dem Gedanken mündete, den ich nicht weitersagen durfte, daß ich nämlich in meinem Leben alles malen könnte, was ich wollte.

Denn was bedeutet es, daß ich neuerdings bei Spaziergängen immer wieder bemüht bin, das Haus, aus dem ich eben erst aufbrach, von weitem zu sehn, als wäre es inzwischen verschwunden? Bei Ersteigung des Berges, in halber Höhe, von einem vorgeschobenen Platz aus, im Liegen, unter mir Schornstein, paar Fenster des Hauses auszumachen, später, auf der Höhe des Berges, das ganze Haus? Auch vom Feld aus, durch die sorgfältig angelegte Lücke zwischen den Pappeln, die um den Teich stehen, Durchblick zum Haus, also so sieht es aus und so schwierig ist es doch, es zu sehen.

Nach Heimkehr Blick hoch zum Berg, dann über den Teich wieder Lücke zwischen den Pappeln Blick über die Felder, jetzt schwarz, da stand ich eben und starrte hierher. Endlich langsamer Gang vor das Haus und von dort durchs geschlossene Fenster hindurch Betrachtung des Schreibtischs, von dem aus ich heimkehrend hinausschaue, wo ich eben noch stand. Durchs stille Fernglas Zählung der Nüsse am Baum vor dem Fenster, ob sie sich heimlich bewegen, wenn wir nicht da sind? Nachschaun in den Taschenkalendern der vergangenen vierzig Jahre, was heute los war? Beobachtung der Dinge im Schrank in der Küche, Tassen, Gläser alle unvermengt mit ihresgleichen allein. Still wie Wild.

Versuche, den Tag durch Spontaneität zu beleben, indem ich etwa ein Glas hier oder dort gefährlich abstelle, wo es sowieso, auch ungefährlich plaziert, gar nicht hingehörte, wie es Künstlern taumelnd am Abend passiert, gelingen mir nicht. Ich sitze im anderen Zimmer, denke ans verlassene Glas, rette es schnell. Bedauern für Personen, die, um aus einem Schrank einen Gegenstand zu entfernen, zuerst einen andern entfernen müssen, den sie dann in die Luft halten, um zum ursprünglich gewünschten Gegenstand vorzudringen. Zeitverlust, Gefahr eines Schadens und Demütigung der Sachen selbst, die vielleicht auch Tränen haben.

Photographie eines gestern mir überreichten, nun auf der Kommode aufgestellten Blumenstraußes angefertigt, vorn gegen die Vase gelehnt, aus der er blau und gelb und rot vor dem Spiegel emporsteigt, so daß ich nun vom Bett aus beide zusammen beobachten kann. Da ich jetzt noch einzelne, ermüdete Blumen täglich durch frische ersetze, unterscheiden sich beide, Abbild und Strauß, immer mehr voneinander, anfangs unmerklich.

Und nachts, wenn ich nicht einschlafen kann oder nach kurzem Schlaf bald wieder wach bin, Sorte, Anzahl und Aufenthaltsort der Weinflaschen, die sich im Keller befinden, rekapitulieren: welche, wieviele und wo, so daß ich, im Falle plötzlicher Unruhen oder natürlicher Not, im Dunkeln die Treppen hinunter, im Keller ins richtige Fach greifen könnte, blitzschnell wieder im Bett die gedachte Flasche entkorke, nun im Lichte der grüngoldnen Lampe bei geöffneten Augen.

Um Frau und Gast bei Laune zu halten, hatte ich ihnen, für den folgenden Tag, einen Ausflug vorgeschlagen nach Salzwedel. Wir würden über die langsamen Straßen, in denen die Autos, von weitem schon sichtbar hoch in der Luft, dann im Pflaster versinkend uns lange entgegentreiben mit in ihnen knieenden Passagieren, über die Bahngleise hinweg in die Stadt hineinfahren und dort spazierengehen. Aber beim Frühstück des folgenden Tages lockt mich der Gümser See, an dessen Ufer wir, statt in der Altmark verlorenzugehen, uns unterhalten könnten, im Schatten womöglich erschauern in einem plötzlichen, eiskalten Wind.

Also nun doch nicht Salzwedel? flüstert der Gast, und nun sind beide Ziele ganz endgültig verabschiedet, in jeder Richtung erwartet uns Schuld. Wir bleiben hier? fragt der Gast. Es ist die Stärke dieser Entschlußfähigkeit, um die wir ihn beneiden und die uns in unserem Leben, hätten wir sie je aufzubringen vermocht, davor bewahrt hätte, immer wieder in die vorige, üble Richtungslosigkeit zurückzufallen. Immer wieder sind wir aufgestanden und haben versucht, von verschiedenen Seiten vorgetragene, einander widersprechende Wünsche zur Übereinstimmung zu zwingen: Hinwegeilend stehenzubleiben, schwimmend in Gümse in Salzwedel Kaffee zu trinken.

Lehne ich mich in meinem Sessel recht weit zurück und versuche von dort aus etwas Günstiges zu sagen, das mir über meine siebente Tochter einfiele, so würde ich sagen: Sie sieht aus wie ich. Natürlich bedeutet das nicht, daß sie schön ist. Wenn alles, was schön ist, nicht ist, dann sind die andern, die doch auch sind, nicht so schön, wie man dachte. Der Blick in den Spiegel ist der Schmerz, den wir teilen.

Über meine achte Tochter ist zu berichten, daß sie, wenn im Salzstreuer das Salz schräg stand, was mich, da ich dies fürchtete, dazu veranlaßte, den Deckel abzuschrauben und zur Vermeidung von Übel ein paar Körner über meine linke Schulter nach hinten zu werfen: daß sie dann also, nachdem ich das Salzglas ordentlich wieder verschlossen hatte, dieses gleiche Glas noch einmal ergriff und kurz schüttelte, so daß das Salz wieder schief stand und ich erneut arbeiten mußte. Natürlich war das ein hübscher Flirt, mit dessen Mitteilung sich, was es über sie Günstiges zu berichten gäbe, erschöpft hat.

Überhaupt nichts Gutes, das mir einfiele, gibt es über meine neunte Tochter Mieselle zu berichten, deren ungefälligen Namen freilich ich selber verschulde. Zwar verfügt diese Tochter über die Begabung, Gedanken auswendig zu lernen, andererseits hat sie diesen Vorteil lediglich dazu verwandt, Advokatin zu werden. Seither interessiert sie sich feige nur noch für das, was es gibt. So zeugt sie gegen die Welt, die ohne sie sich kein bißchen verschlechterte.

In Niedersachsen gibt es auf der Strecke von Grabow nach Soven ein Dorf, Weitsche, das auch von Lüsen, Plate oder von Breese, wobei man durch Jameln hindurchfährt, erreichbar ist. In einem einzigen langsamen Bogen vereinigen sich im Zentrum von Weitsche, bei einer Wiese, für ein paar Meter alle diese Straßen, so daß jeder, der aus einem der genannten Dörfer in eines der anderen zu reisen wünscht, bei Vermeidung von Umwegen diese Strecke passieren muß: paar Meter eines Halbrunds, das man als Kurve bezeichnen könnte, wenn diese sogenannte Kurve nicht bald in drei Richtungen hinwegeilte: Weitsche liegt in der Mitte.

Hier nun, in diesem Ort, ereignete sich folgendes. Es erhob sich bei einem Geburtstagsfest von seinem Platz ein Bauer und schlug vor, künftig sollten einmal die Woche alle Einwohner, freiwillig und unter Hinzuziehung der Kinder des Ortes, die am Rande der Straße liegengebliebenen Papiere und Abfälle einsammeln. Hierauf erhob sich von seinem Platz ein anderer Bauer und wies, unter dem Beifall der Anwesenden, die Idee als Unsinn zurück.

Wenn wir jetzt abends beim Feuer sitzen und die Sache besprechen, haben wir schon allerhand erlebt. Nur den Gast, der hier eintritt und schon von der Treppe aus ruft: Wie schön, wie ihr dasitzt, mit den Hunden, mit denen ihr in Weitsche eine ganze Menge erlebt habt! gibt es nicht. Dabei wäre aus Weitsche viel zu berichten, von den Bauern Schulz, Freddersdorf und Ulrich Horn, dem reichen Landmann Ronde und seiner Familie, von den Jägern, mit denen man friedlich zusammenlebt, vom im jährlich mit

Laub ausgeschmückten Gemeindesaal veranstalteten Dorffest, vom am folgenden Mittag pünktlich eröffneten Nachfest, aus mißmutigen Ortschaften wie Lüchow neidisch verfolgt.

Aber da, wo ich jetzt bin, fragt niemand, wie es dort war, wo ich herkomme, weil hier alle schon immer überall waren, nur nicht da, wo sie sind. Wer hier wohnt, hält sich hier nicht gern auf, er ist lieber woanders, wo er nicht ist, deshalb erzählt auch keiner einem etwas von hier. Die Frage: Wie war es in Weitsche? bedeutet im Deutschen: Laß wissen, wie wenig Du weißt, ich will Dich belehren, Dir die Gesetze erklären! Und nun soll man erzählen?

Daß ich doch schwach bin, obwohl ich mein Bestes versuche, diese Tatsache vergessen zu machen, erfuhr ich, als ich bei einem Essen meinem Nachbarn, der wiederholt und auf gefährliche Weise über meinen Teller hinweg nach Schüsseln, Saucieren, einmal sogar einer Serviergabel gelangt hatte, die er auf dem Rückweg hart an meinen Augen vorbeiführte und die ich ihm, wie ich mich kenne, mit leichter Hand zugereicht hätte, folgendes zuflüsterte: Woher kommen bei der Zermalmung des Speisebreis bei Ihnen die Pfeifgeräusche? Was ist der Grund Ihres Stöhnens?

Hierauf der Angesprochene: Das alles sind Fragen, wie sie das Unglück uns vorlegt! Könnte es sein, daß Sie auf ein sich bei Ihnen formierendes Leiden unfreiwillig hinweisen möchten? Ist es solider Natur?

Sehen Sie sich, beim Hinweis auf Beschwerden, veranlaßt, von außen auf Sachen zu zeigen, die man nicht sieht? Beginnen bei Ihnen die Tage mit Schwindel und Fieber, als ob Sie die Fensterkante eines Hochhauses draußen entlangbalancierten, über all dem Verkehr? Haben Sie nicht, ehe serviert wurde, mit angestrengt zur Decke gerichteten Augen die flach schwebende Hand in der Serviette herumtasten lassen, ob etwas in ihr versteckt sei? Und als Ihre Hand, was mich erschreckte, blitzschnell zurückzuckte, war das harmlos? Theater? Und was soll es bedeuten, daß Sie wie auf einem Schachbrett in Reichweite Ihres Gedecks Bestecke, Schalen anheben, wegstellen, aufblickend ganz bei sich niederlassen, als hätten Sie etwas erfahren, was sich nicht herumsprechen soll?

Ich selbst, flüsterte er, bin nie krank, nie Fieber! Hierzu warf er die ausgebreiteten Hände hoch in die Luft, als Beweis, wie leicht Fieber sich wegwerfen läßt, einfach nach oben wegwerfen! Während dieses Wegwurfs des Fiebers des Nachbarn genierte es mich, nicht auch unsterblich zu sein. Und ich freute mich auf den Tag, an dem ich, beim Tisch sitzend, hüstelnd, draußen, vorm Fenster, die Hunde, versammelt in Sorge um mein Befinden, mit Aufzeichnung des folgenden Satzes endlich den Gegenangriff eröffnen würde. Dieser Satz würde lauten: In der Welt habe ich folgende Feinde.

Einige Monate vor unserer Rückkehr nach Deutschland traf ich mich in einem Restaurant in Del Mar, während an der Bar ein Mann, dem ein anderer die Hand gereicht hatte, laut vor Schmerz aufschrie, mit einem alten Freund, der eben von einem Besuch bei einem Professor, dessen Namen ich vergessen habe, nach San Diego zurückgekehrt war. Dieser Mann, sagte mein Freund, haßt Dich! Er sitzt zu Hause und haßt Dich! Du bist vor Jahren bei einem Dinner auf den Tisch Deines damals schon gebrechlichen Doktorvaters gesprungen und hast in seine Richtung geflucht, was ihn, vielleicht endgültig, schwächte. Diesen Mann, entgegnete ich, habe ich geliebt. Noch vorige Woche habe ich seine Witwe am Russian River besucht, die mir anvertraute, wie ihres Mannes letzte Jahre erfüllt waren von der Freude an meiner Gesellschaft, auch meinen Seminaren, an denen er, wie seine Memoiren beweisen, regelmäßig teilgenommen hat. Und wenn ich gesprungen bin, dann war es ein übermütiger, schweigender Sprung.

Seit wann kennst Du diesen Feind? Ich habe diesen Feind nur einmal gesehen, wohl als er noch gar keiner war. Wie sah der Feind damals aus? Er sah meiner Ansicht nach nicht aus wie ein Feind. Gesicht eher groß, beim Sprechen ging der Kopf stark in die Höhe, versank dann brustwärts. Als Feind hätte ich ihn nicht ausgesucht, aber ich hatte ja keine Wahl. Aus London war damals ein Freund in La Jolla, aber da es während seines Aufenthalts zu einem Wiedersehen nicht kommen konnte, ich aber, gleich ihm, im Begriff war, die Küste hinauf nach Norden zu fahren, verabredeten wir uns im Hause des Feindes, wo mein englischer Freund absteigen wollte.

An dessen Tür klopfte ich auch ein paar Tage später und wurde, mit einer Mitarbeiterin, die mich begleitete, in das spanisch möblierte Haus eingelassen, wo uns unter einem aus buntem Glas mosaikartig zusammengefügten Fenster, das hoch mit Blei eingefaßt war, ein Iced Tea serviert wurde, mehr weiß ich vom Feind nicht. Ob ihn der Anblick meiner Begleiterin ärgerte, ob er mich ihretwegen beneidete – sie war eine zarte, rührende Person, die hauptsächlich schwieg –, weiß ich nicht, aber ich habe bis heute die Hoffnung nicht aufgegeben, irgendeine Aufklärung über den Grund seines Hasses, der mich, wenn ich dran denke, immer wieder erschreckt, zu erhalten. Denn daß uns dort, atemlos und erschöpft von der Reise, ein Iced Tea gereicht wurde, der uns erfrischte, kann unsern Gastgeber doch nicht dazu veranlaßt haben, sich durch Erfindung oder Mißdeutung des Tischsprungs zu meinem Feind zu ernennen, es sei denn ein anderer, mir bis heute unbekannter Feind von mir hat ihm diesen dann allerdings von ihm, dem Unbekannten, ausgedachten Tischsprung zugetragen. Weiß Gott, wie viele solcher Feinde ich habe, die mir nie Mitteilung machten!

Offenbar unterscheidet man drei Gruppen von Feinden: diejenigen Feinde, bei denen man weiß, warum sie Feinde sind, diejenigen Feinde, bei denen man nicht weiß, warum sie Feinde sind, und diejenigen Feinde, bei denen man nicht weiß, daß sie Feinde sind. Zum Beispiel der langsame Herr, auf den ich, bei einer großen Festlichkeit, unsicheren Schritts, ein

Glas in der Hand, durch ineinander übergehende Säle hindurch zuging, um ihm eine Beobachtung, seinen Schlips betreffend, vorzutragen; nämlich daß er sich unter einem streng symmetrisch gebundenen Knoten in zwei schrecklich harmonische Hälften aufteile: Dieser Mann wurde auf der Stelle mein Feind, obwohl ich mich weder zum Schlips selbst, noch zum Hemd überhaupt geäußert hatte, sondern ihm, da ich ihn hinwegeilen sah, Worte des Bedauerns stark nachrief. Übrigens hat er mich seither als Feind fallengelassen.

Wenn man mich fragen würde: Wieviele Feinde haben Sie denn? müßte ich zurückfragen: Soll ich in die Antwort auch die Feinde mit einschließen, die als Feinde noch gar nicht entwickelt sind? Denn während einige noch nicht aktiv sind, tarnen sich andere noch aus Gewohnheit als Feinde, und schließlich habe ich durch die Rückkehr nach Deutschland neue Feinde, die man sich in einem kleineren Land ja nicht leisten kann, nicht mehr gewonnen.

Zum Beispiel war ich mit einem Gast aus Berlin am Meer, der vor meinen Augen auf einmal lange im Kreis zu gehen begann, ziellos halb über den Sand, halb im Rinnsal der unter ihm auslaufenden Wellen, auf sich selbst gezielte Kraft. Als ich ihn später an den unschuldigen Vorfall erinnerte, brauste er auf und gab sich verletzt: neuer Feind. Davor muß man sich hüten, Leuten Sachen zu erzählen, die nichts bedeuten, aus denen Folgerungen nicht möglich sind. Es ist wohl so, daß der neue Feind denkt, man denke an eine Bedeutung, deren Mitteilung man zurückhalte, als ob man nicht gerade dann streng schweigen würde!

Am besten, man schließt schnell die Augen, wenn irgend jemand in unserer Gegenwart irgendwas tut, aber dann fühlt er sich womöglich vernachlässigt, und wenn das so ist, hat man vielleicht nichts als Feinde und es wäre vernünftiger, eine Liste der paar Leute anzulegen, die bestimmt keine sind.

3.

Wir waren unterwegs und überlegten uns, wo uns Ruhe erwartete. Aber das Schloß des ersten Freundes war bis zum Giebel von Gästen besetzt, die sich mit der Vorbereitung einer geheimnisvollen Jubiläumsfeier beschäftigten, für welche zwei Festzelte schon errichtet waren, um tausend Gäste unterzubringen, die in der Umgebung einquartiert werden sollten, also dort auch nichts. Vor unsern Augen wurden soeben mit von der seit dem letzten Krieg durch Bombardierung der Elbbrücken bei Dömitz unterbrochenen Eisenbahnlinie gestohlenen Bohlen die steile Böschung hinab Treppenstufen gelegt, damit die Festgesellschaft trockenen Fußes die Wiese erreichen könnte. Den Wirbel der erwarteten Vergnügungen schon im Blick schlug unser Freund vor, wir könnten das Haus eines anderen Freundes beziehen, das jetzt leerstehe, aber es hatte der Nachbar dieses Freundes inzwischen in seinem nur einen Meter vom Zaun des Freundes entfernten Haus eine Fabrik eröffnet, in der Metallkörper hergestellt oder vernichtet wurden von Arbeitern, die, glücklich, wie sie waren, auch nach Feierabend, sozusagen summend weiterlärmten, weswegen unser Freund selbst längst in seine Berliner Wohnung geflohen war, auf die wir, für den Notfall, einige Hoffnung gesetzt hatten.

Nun kam ein noch verbleibender Freund auch nicht in Frage, da er sich, in Unkenntnis unseres Ungeschicks, auf seinem Schloß in Frankreich aufhielt mit seinen Genossen, wo er nicht zu erreichen war, es sei denn man rief Tag und Nacht eine an einer einsamen Landstraße gelegenen Telephonzelle an, in deren Hörweite er manchmal spazierenging. Die Schlüssel seiner Berliner Wohnungen hatte er bei seiner Tochter hinterlegt, die ihrerseits nach Italien aufgebrochen war, jedoch gelang es uns, die Wohnung eines alten Freundes für ein paar Tage zu beziehen, den wir in Wien erreichten.

Vom Balkon aus, der in Mannshöhe über einer Straße hing, in der der Verkehr tobte wie kurz vor der wegen des mit Gewißheit erwarteten Untergangs der Stadt angeordneten Evakuierung der gesamten Bevölkerung, beobachteten wir, mit zugehaltnen Ohren, die Fassade eines winzigen Nacht-Clubs, vor dem kleinere Herren immer neu abgesetzt wurden, wobei es, wenn die Tür sich kurz öffnete, von innen goldpurpurn glänzte, also ab nach Schwaben in ein gewaltiges Gutshaus mitten im Land, mit den von auf Holzstichen von Festungsbauten her bekannten, wuchtigen, im Boden knieenden Fundamenten, sanft nach oben verjüngt, so daß beim ersten Anblick der Eindruck entstand, die Heilige Familie, die hier um Einlaß bäte, könnte durch die Eingangstür aus der Luft in das in den unteren Etagen fenster- und türenlose Geviert hineinfliegen, so hoch lag diese Tür. Endlich ein sicheres Haus, aber alle waren wir schlecht dort, sogar die Hunde, wir flohen nach München, wo es uns gutging, nur leider war es zu spät, ich erlitt nächtliche, mit starken Schmerzen verbundene Hustenanfälle, so gewalttätig, daß im Haus bald keiner mehr schlief.

Natürlich ahnten wir, trotz bald einsetzenden Fiebers, nicht, daß ich in Gefahr war und tatsächlich im Krankenhaus enden würde, vielmehr hielt ich die

Anfälle für Anzeichen mangelnder Disziplin, Angeberei usw. Insgeheim brachte ich sie auch in einen Zusammenhang mit dem mir in paar Wochen bevorstehenden Geburtstag, für den ich mir, ohne es mir direkt einzugestehen, Überraschungen, vielleicht eine kleine Ehrung, hier oder da einen Aufsatz erhoffte, der bei dem Geburtstag vor zehn Jahren ausgeblieben war.

Aber trotz scharfer Beobachtung gab es in meiner Umgebung keine von andern abgefangenen, merkwürdigen Telephongespräche, keine verdächtige Post, niemand zwinkerte, nichts wurde geflüstert hinter mir, nur der einzige Mann, von dem ich wußte, daß er an einem Aufsatz über mich sitze, kam, wie ich bei täglichen Anrufen aus Gümse, Berlin, Mießen, München, Meursault und Belfort feststellen mußte, überhaupt nicht voran.

In dieser Situation der Eingebung eines Freundes folgend, dachten wir uns den Ort aus, an dem wir am liebsten wären, halbtot oder nicht, unter der Voraussetzung seiner Erreichbarkeit, und, die Strecke über Belfort, Beaune verschlingend, erreichten wir gegen Mittag Pommard.

Vor dem Schloß waren nur wenige Autos geparkt. Zögernd näherten wir uns dem Eingang. Der Pförtner bat uns, ein halbes Stündchen im Hof zu verweilen, schattenlos wie bei Campanella. Wir flüsterten in dem blendenden Hof, in dem nie etwas geschehen sein konnte als er. Dawn am Rand eines Steins in Erwartung des nächsten Jahrhunderts. Später, im Keller, auf dem Kies, die wohlgelittnen, durchsichtigen Hunde. Erklärung der in gleichmäßige Viertel, zur abfedernden Sicherung der Flaschen links und rechts an den Flaschenhälsen quartierten Korken zum Schutz gegen mögliche Vibrationen auf der Landstraße, die dreihundert Meter, von Beaune nach Meursault, vor dem Schlosse vorbeiläuft. Ferner Verordnung von Kälte, Stille und Dunkelheit: gut, daß es mir schlecht ging, wo der Wein war, wir sind dort geblieben.

In Meursault, unserem Hotel gegenüber, auf dem schmalen Trottoir alle Stühle des dortigen Hotels permanent besetzt von Leuten, die zurückgelehnt uns bedauerten. Was konnte dort vorgehen? Nächsten Tag in Montrachet einen rechteckigen, leeren Platz langsam umfahrend, von einzelnen kurz geschnittenen Bäumen weit umstandenes Geviert. Vor einem in eine der Ecken dieses Platzes leicht zurückgebauten, weißen Hotel bewegten sich Engländer zwischen Tischen, die dort teilweise auf den Platz selbst vorgedrungen waren. Hastig und ein wenig rücksichtslos vor der in Minuten beginnenden Mittagspause blindlings zwei Flaschen Burgunder einer mürrischen Frau abgetrotzt.

Im Rücksitz, den steilen Feldweg hoch, zwischen dem Wein, die Hunde interessieren sich für den Inhalt des Picknick-Korbs. Oben, auf der Höhe, der unheimliche Wind wie im Lenz. Bei einem spärlichen Baum, wo wir mit quer verstellten Rädern steckenbleiben, Insekten im Flug. Ausbreiten, sofortiges Einrollen des bunten Teppichs. Zum Schutz vor den fliegenden Tieren nun Mahlzeit im dicht verschlossenen Wagen, Pastetchen im Schoß, farbige Sachen, die aus dem Teig herausquellen. Kein Wort über den

Wein, Talflug, mit der Absicht, alles zu kaufen, oder doch einen Karton, aber verschwunden sind Halbkeller, Straße, alles, der Keller und Wein, wie geglaubte kostbare Lügen.

Auf der Rückfahrt nach Meursault erreichten wir über eine hügelige, sich dauernd verändernde, kleine Landstraße hinweg nördlich von Viré die Nationalstraße 6. Aber nichts hatte uns an diesem merkwürdigen Tag auf die Herberge vorbereitet, die wir nach zweistündiger Fahrt auf der linken Seite der Straße erblickten.

Es war ein kühler Spätnachmittag im September. Wir nahmen an einem der Tische vor dem Kamin Platz und man legte uns bald einen Schweinebraten vor, der mit geblähten Miniaturnachbildungen verschiedener Organe garniert war, die wie knuspriges Knochenmark schmeckten. Vom Nebentisch aus erklärte man uns, daß diese Illustrationen aus Hahnenkämmen geschnitzt sind. An einem runden Tisch saßen dort zwei Paare, die aussahen wie Bauern. Ein Mann saß im Rollstuhl, den man bis hart an den Tisch herangeschoben hatte. Er saß ausdruckslos, während eine der Frauen ihm einen silbernen Suppenlöffel mit Rotwein an die Lippen führte, die sie mit der andern Hand leicht öffnete. Paar Tropfen fielen zum Kinn des Mannes.

Gegen Ende der Mahlzeit fiel mir in einem entfernteren Winkel ein Mann auf, der mich zu sich winkte, da ich ihn in einer Zerstreuung zu lang beobachtet hatte. Er studiere Dessertweine, sagte er, die man meist unterschätze. Er langte hinunter zur Seitentasche seines Jacketts und zog von dort umständlich und mit großer Vorsicht Teile eines Rebstocks hervor, aber so, daß nur ich ihn, direkt neben ihm sitzend, von oben erblicken konnte. Mit dieser und andern werde er in Virginia sein Glück versuchen, flüsterte er, er sei Botschafter der Vereinigten Staaten am Hofe Ludwig XVI., aber unbekannt hier am Platze.

Ich bat ihn an unsern Tisch und empfing die Erlaubnis, ihm eine Frage vorzulegen, die mir im Geschichtsunterricht nicht beantwortet werden konnte. Wie haben Sie es angestellt, den Engländern die glorreiche Stadt Boston, die sie besetzt hielten, zu entreißen? Es wäre uns, erwiderte er lächelnd, ohne Kanonen nicht möglich gewesen! Und woher, wenn ich fragen darf, nahmen Sie diese Artillerie? 300 Meilen nördlich von Boston haben wir lange vor Einbruch des Winters und ohne daß die schläfrige, zumeist von Hessen gestellte Besatzung es merkte, ein englisches Fort umlagert, bis tiefer Schneefall und zuverlässige Kälte es uns erlaubten, nach Erstürmung die eroberten Geschütze auf Schlitten nach Massachusetts und dann im Halbkreis um Boston herum, zur Beschießung von Hafen und Stadt in Stellung zu bringen. Mit den Engländern, die selbst nicht kämpften, tranken wir Sherry, die Hessen warfen wir in den Charles River.

Beim Verlassen der Herberge, draußen im Freien, sahen wir uns Koch und Kellner noch einmal gegenüber. Sie standen friedlich und rauchten. Beim Anblick der Hunde um uns herum rief der Kellner: Les chiens sont plus beaux que le chef! was wir ihm zugeben mußten. Die Nacht darauf starkes Fieber, den leergesoffenen Sektkübel immer wieder mit Wasser gefüllt. Lichter der Lastwagen nachts durch Meursault, morgens stimmlos. Fieber über Beaune, Belfort bei Rot über Kreuzungen, Fieber bis zu Louis Pasteur, zu dem Dr. Levi. Beim Erwachen der gewaltige Husten des Nachbarn auf der Station, aber nachmittags fröhlicher Aufzug seiner Familie, Berichte vom Dorf, Knall des springenden Korkens, später, nach Aufbruch seiner Verwandten der Nachbar mit einer Zigarre nachdenkend auf dem Balkon, den wir teilten, in Betrachtung des Parks. Er berichtet mir über die vielen Gäste bei seiner Hochzeit, woher sie kamen, wie lange sie unterwegs waren, wie sie hießen. Da er sie mit der rechten Hand an den Fingern der linken abzählt, muß er die Namen durch die im Mund hängende Zigarre hindurchmurmeln, sehr zerstreut Wochen später mein Vater auf dem Balkon in Durlach, kleines Pferdegesicht aus Holz, um die Schultern legt Dawn ihm einen blaugrünen Shawl, der ihm gut steht, entfernte, erstaunte Betrachtung der Hunde zu seinen Füßen, die flach seitlich geniert zu ihm zurückschaun, dann gleich wieder weg, höflich, wie sie sind.

Seither, in Erfurt, in der Barfüßerstraße, traf ich einen Mann wieder, der mir am Vorabend im Restaurant »Feuerkugel«, hinter dem Rathaus, Ecke Michaelisstraße, schon aufgefallen war. Er hatte dort, ohne Verzehr, neben der Theke gestanden, bis ihm zunikkend eine am Ausschank beschäftigte Frau eine

Handvoll Brötchen, drei oder vier Stück, zureichte, die er im Weggehn in der Manteltasche unterbrachte. Nun, heute, sah ich ihn in der Barfüßerstraße gegen eine Mauer gelehnt, so daß er die Sonne, die eben schwach erschienen war, auf dem Gesicht hatte.

Was das Abendessen angeht, an dem die schöne Tochter des Hauses nicht teilnahm, da sie während der Mahlzeit in einer direkt neben dem Speisezimmer gelegenen Kammer vom Bett ihrer Mutter aus, weil dort das größere Fernsehgerät aufgestellt war, einen Spielfilm betrachtete: Was diesen unvergeßlichen Abend angeht, so kann man ihn nicht erzählen, ohne vorher die Vertreibung aus dem Haus in Del Mar durch den Professor Waxmann oder die zweite Vertreibung aus dem Haus in Deutschland des schief über Felder hastenden, in Büschen rupfenden, Geschenke überreichenden Fräulein Wachtmeister in Aussicht zu stellen, auch den bösen Besuch des Reiseschriftstellers mit Frau, Professor Häßlings Fistelstimme, die die Hunde erschreckte: kurz, die unbegreifliche Veränderung aller hiesigen, früher heiter erlebten Gegenden und Personen ins Schreckliche. Man muß es erzählen, ehe man es erzählt und zusätzlich noch einmal danach. Ohne Bedeutung, also unbedeutend, wie es ist, zeigt es sich erst in der Wiederholung.

Daß diese schöne Tochter vom Bett aus, während des Essens, den Film verfolgte, konnte erkennen, wer, wie ich, zur Linken der Gastgeberin von seinem

Platz aus die Tür zur Kammer sich öffnen, und die jüngere, ihr ergebene Freundin der Tochter, die ihr zur Hand ging, in Erfüllung kleinerer Aufträge vorbeihuschen sah, um drinnen Vermißtes herbeizuschaffen, einmal eine Zuckerzange, ein Stück Napfkuchen, schließlich einen Bowlenlöffel. Später wurden sogar von unserm Tisch zwei Platten, bunt belegt, gleich in die Kammer gereicht, aus der wir Geräusche hörten, die Anerkennung bedeuten konnten, aber auch Abscheu, bis endlich, beim Nachtisch, noch einmal diese Tür unter im innern Gemach verklingenden Gelächter sich öffnete, und es erschien ohne Gruß, im schwarzen, losen Haar, mit zu Boden gerichteten Augen die schöne Tochter, wie der Geist in einem Roman: Vorzeichen einer unleidlichen Zukunft.

Seit wir nun wieder hier sind, seit zwei Jahren, laufen bei den seltenen Essen, die es hier gibt, diese Geister die Tische entlang, gähnend zu früh aufbrechende Gäste oder zu spät eintreffende, von den andern kauend bestaunt, sie durchlaufen das Haus. Ich habe einen dieser Gäste verfolgt, es war eine Dame. In der Hand trug sie einen Pfirsich, den sie in der Küche über dem Ausguß schälte und dort auch, tief ins Becken gebeugt, verzehrte. Furcht vor Entdekkung? Vor Flecken? Kein Mut, die Frage zu stellen, Scham, sie beobachtet zu haben, mehr hiervon später.

Was ich an meiner Tochter Jessica am meisten geliebt habe, war, daß sie, erblickte sie vor sich etwas sehr Interessantes, wie von einer plötzlichen Langweile überkommen ihre ganze Aufmerksamkeit auf eine daneben oder in der Nähe befindliche Sache richtete, als sei die Hauptsache zu schön oder alles im Umkreis müßte, für den Fall, daß es Verweise auf die Entstehung der Hauptsache enthielte, die sonst verwischt werden könnten, untersucht werden. Erst dann kehrte sie zu dieser Hauptsache zurück. Während gar nichts passierte, seufzte sie oft in der Nähe. Wenn man das Wort an sie richtete, war sie in Sekunden bereit für aus der Ansprache erwartete Unternehmungen. Worte fing sie wie Fliegen, die sie mit den Augen verfolgte, während man mit ihr sprach. Diese Augen – die schönsten der Welt –, nahmen das Sichtbare gnadenlos auf. Man sprach von Tierblick, aber in Wirklichkeit war es der Blick der großen Naturwissenschaftler. Vielleicht war es dieser Blick, der sie erkennen ließ, daß es besser sei, sich für immer von mir zu entfernen.

Zum Abschluß der Mahlzeit, während hinter uns ein Chinese Post, die ihm aus der Küche zugereicht wurde, zerriß, lehnte mein alter Freund sich zurück und fragte, ob es zutreffe, daß mein Freund M. geizig gewesen sei? Geiz und Angst, entgegnete ich, sind die Gefährten der Emigration. Woher die Frage?

Weil ein Dichter und Reiseschriftsteller, dessen Namen ich vergessen zu haben scheine, anläßlich eines Ausflugs in die Vereinigten Staaten bei einem von seiner mitreisenden Frau zubereiteten Essen im Hause von M. mit ansehen mußte, wie dieser M. vier Klöße, statt sie noch einmal am Tisch herumgehen zu lassen, gebückt, mit kleinen, entschlossenen Schritten zum Eisschrank getragen und dort für seine Frau verwahrt habe, die an diesem Abend aus guten Gründen eine Brücke blockieren half. Ferner beobachtete das reisende Paar, daß M. statt frischer, die er in der Speisekammer ablegte, alte Kartoffeln verwendet hatte. Du siehst, schloß mein alter Freund, dieser M. war geizig.

Da ich meine Fassung wiedergewann, flüsterte ich zurück, daß der dem Dichter bereitete Schmerz doch insofern erledigt sein müßte, als er, nachdem er in sein eigenes Land, das seine Bürger nur in ganz seltenen Fällen ausreisen, und, wenn es sie ausreisen, nicht zurückkehren ließ, zurückgekehrt war: daß also der Dichter bald nach dem Ableben von M. die Gier des Emigranten angesichts der ihm so lange vorenthaltnen Lieblingsspeise in kräftigen Farben einem Publikum ausgemalt habe, das sich für Darstellung luxuriöser Gaststätten und Speisen interessiert. Ich gestehe, fuhr ich fort, während wir beim Versuch, uns gegenseitig in die Mäntel zu helfen, einander umkreisten, daß M.s Unart mich kränkte, aber um nichts mehr als des Weltreisenden Indiskretion vor einem gefühllosen Publikum. Mein alter Freund flüsterte mir zum Abschied ins Ohr, man habe ihm dort zum Dinner zwei Tafeln Schokolade, da die Katzen den Eisschrank geplündert hätten, vorgelegt. Die Verlesung eines simplen Rezeptes am leeren Eßtisch wäre ihm lieber gewesen. Paar Wochen später traf ich in Berlin einen anderen Freund, der mich fragte, ob es zutreffe, daß mein Freund M. ein Geizhals gewesen sei?

Von einer Reise nach Massachusetts, wo ich zwölf Jahre gelebt habe, habe ich mir neulich Herbstblätter mitgebracht, die ich bei einem Spaziergang vom Wege auflas, zu Hause preßte und rahmte: rotgolden, grüngolden, orangegolden, leuchtendes Gelb. Einmal hierbei mich aufrichtend, sah ich beim Einsammeln vor mir den rotblauen, amerikanischen Briefkasten mit den vier dünnen Beinen, den ich vor dreißig Jahren in die Mitte eines vom Fenster aus verfertigten Winteraquarells gestellt hatte. Er war leichter zu aquarellieren gewesen als die verschneit in der unveränderten Kurve geparkten Autos. Der durch keine Anstrengung des Schreibens gemilderte, plötzliche Anblick erschreckte mich.

Verwundert bemerkte ich später, daß der Teich, an dessen Ufer mein Arbeitszimmer war, fünf Minuten von dort einem Wasserfall zufloß, von dem ich die ganze Zeit nichts gewußt hatte. Wie ist so etwas möglich? Hörte die Welt für mich hinter allem beim Stehnbleiben Sichtbaren auf?

Daß dort ein Wasserfall war, wurde mir sicherlich wiederholt von Leuten gesagt, die ihn durch Voranstellung des direkten Artikels geehrt haben. Mir wäre der Wasserfall zu viel gewesen. Ich wollte auch hinter dem Hotel in Paris, wo ich mein Leben lang – leider sehr selten –, gewohnt habe, kein Palais kennen, wo der Senat sich trifft oder ein Karussell. Auch der Wald bleibt ja größer, in den man nicht eintritt. Nur hier, wo ich jetzt bin, zum ersten Mal die Welt klein, durchschaut, dumm, rätsellos, befingert, in frecher Schnelligkeit angeeignet.

Wie soll ich meine letzte Tochter beschreiben? Entfällt ihr ein Gegenstand, so kann es geschehen, daß sie mit den erstaunten Augen statt dieses Gegenstandes die zu ihm hinabtauchende Hand verfolgt, hierüber den Gegenstand selbst, zu dem sie doch unterwegs war, vergessend, so wie ein Vogel die übrigens nie ganz verständliche Absicht des Fluges vergißt und sich im Fliegen gefällt.

Entsinnt sie sich nun, daß man sie hierbei beobachtet, so kehrt sie mit leerer Hand und entfernten Augen zur Oberfläche zurück. Auch ihr tägliches Kleid macht mir Spaß. Aufbrechend sagt sie: Ich schaue mir Stoffe an! und trägt dann einen Ballen nach Hause, der sich in Farbe und Machart von den Stoffen nicht unterscheidet, die sie seit Jahren heimgebracht hat. Mode für sie scheint zu sein, daß alles so bleibt, wie es ist, denn nun schneidet sie diesen Stoff zur Zeltform des Vortags und näht ihn zusammen. Derart geziert rückt sie sich abends den Sessel zum Feuer und flüstert: Wie gefällt Dir das Kleid? In Gegenwart dieser Tochter würde ich gern den Rest meiner Tage verflattern!

Das Wohnzimmer des Hauses, das man zu verlassen gezwungen wurde, eingerahmt mitnehmen: Bild der Bilder, auf einer Staffelei nebeneinander photographiert, Bild des Spiegels, wie er eine Ecke einfängt, wo man gern saß, ehe Waxmann kam oder Wachtmeister.

4.

Was Waxmann erregte, war der ihm wegen meiner Bäume verwehrte, weite Ausblick aufs Meer, von dem er nur ein Stückchen glitzern sah, wenn er sich, auf eine gefährliche Weise verkrümmt, seitlich nach oben aus einem Fenster herauslehnte. Alles andere, Klagen über meine Person oder die Gewohnheiten von Hausgenossen, z. B. der Hunde, die angeblich am Zaun saßen und vorwurfsvoll in seine Richtung starrten, waren Vorwände, hinter denen er seine Wut über die Bäume, die erbarmungslos war, verbarg.

Für ihn waren sie Widersacher, die ihn daran hinderten, im Anschluß an eine Dinner Party seinen Gästen von einem seiner Balkons aus mit einer ausladenden Bewegung das Meer vorzuweisen. Alles, was Waxmanns Gäste erblickten – und dies, obwohl sein Haus dreistöckig über meines hinwegragte –, waren die allerdings riesigen, strotzend gesunden Bäume in meinem Garten, da mich ein von Bäumen und Büschen nicht unterbrochener, öder Gesamtanblick des Meeres, wie er uns vom flachen Dach eines kürzlich errichteten Hotels oder dumm wie aus einem Flugzeug immer traurig gestimmt hat. Was ich liebte, war der zufällige, verdeckte Anblick des Meeres zwischen Geräteschuppen und Hecke.

Meine Vorgänger, die sich dem Eindruck ergaben, die Natur habe immer Recht, so daß Nachbarliches einander verschlang, eine ganz stille Korkeiche von gierigen Gewächsen, die sich von ihr ernährten, fast erdrosselt war: meine Nachbarn, falsche Romantiker, schreckten im Garten vor jeder Zensur zurück. So wurden in fünfzehnjähriger Arbeit Sträucher, die in ihrem Leben nie mehr sein wollten als Sträucher, die vom Boden aus Bäume bedrängen, von mir entfernt. Ein Magnolienbaum, mit tellergroßen, duftenden Früchten, der durch undefinierbare gelbliche Gewächse, die bis zur Höhe meiner Schultern emporgestiegen waren, sich in seinem Glück beeinträchtigt fand, wurde durch mich befreit. Die unteren Äste, die teils am Boden verdorrten, mußten aufgegeben werden und es entstand ein weites, grünes Zelt, wo man sich unterhalten konnte. Einer rührenden Kolonie von Kakteen in der Form grasgrüner, mannshoher, dürrer Ypsilons sowie den tintenfischartig verschlungenen Agaven verschaffte ich Luft zum Atmen.

Den hinteren Garten beherrschte ein einziger Pfirsichbaum, der in den letzten Jahren ein oder zwei, aber saftige, weiße Pfirsiche hervorbrachte, den toten Stamm ließ ich stehen. Das gewaltige Steppengras mit den weißen Wedeln, das den Garten fast ganz erobert hatte, drängte ich zurück in ein unregelmäßiges Areal, in das hinein man Nischen und beginnende Pfade schlagen konnte, aber am schönsten war, Richtung Waxmann den Hügel hinauf, mein Wäldchen turmhoher Torrey Pines. Ganz nah beim Haus, so daß man ihn von der offnen, hölzernen Terrasse berührte, war ein Baum, zu dessen Umarmung sich mehrere Männer hätten verabreden müssen. Dieser älteste und vornehmste Baum, von Geburt Mexikaner, da es die Vereinigten Staaten nicht gab, hatte vor hundert Jahren einem seiner wildesten Äste gestattet, quer über den Rasen die ganze Länge des Hauses parallel zur Erde zu wachsen, was über die Jahre hin den

Baum selbst genötigt hatte, sich zur Balancierung der Abenteuer des Astes in die entgegengesetzte Richtung zu neigen, dergestalt, daß es dem ungeübten, argwöhnischen Auge so hätte erscheinen können, als sei er im Begriff, auf das Haus von Herrn Waxmann niederzustürzen.

Gerade dieser Baum aber war es, dessen Entfernung Herr Waxmann am meisten ersehnte, obwohl Jesse, mein Gärtner, und ich Anstalten getroffen hatten, einem Unglück, das übrigens in Waxmanns Haus keinen Menschen gefährdet hätte, da der Baum, riesig, wie er war, im Gebälk des Nachbarn zwar krachend, aber gelinde in seinem Fall aufgehalten worden wäre: obwohl also Jesse und ich Anstalten getroffen hatten, einem Unfall durch umständliche Stützungsmaßnahmen zuvorzukommen.

Nun hatte Frau Waxmann auf Befehl ihres Mannes längst Jesse, den auch sie als Gärtner beschäftigte, angewiesen, in ihrem Garten, den ihr Mann durch Errichtung seines ausladenden Gebäudes zum Gärtchen geschrumpft hatte, wie man sie in Japan beim Frühstück neben die Tasse stellt, zum Hinabblicken in eingebildete Spaziergänge: also Frau Waxmann hatte Jesse längst angewiesen, in ihrem drei Schritt langen Gärtchen alles, was Baum werden könnte, zu vernichten, ohne zu wissen, daß er diese ihr aus den Augen geschafften Bäumchen später bei mir einpflanzte. Wie eine Armee im Exil erhoben sie sich hier gegen die ungelittne Heimat, bis es Herrn Waxmann gelang, meinen Mietsherrn, der aus einer Weltgegend stammte, in der es Bäume nicht gibt, zu veranlassen, mir in Berücksichtigung meiner Weigerung, die Bäume fällen zu lassen, die sofortige Kündigung zuzustellen. Heute ist dort kein Baum mehr, nicht einmal die mannshohe Hecke, die das Haus zur Straße hin abschirmte, noch Olive, Bananenstaude, noch Farn.

Noch einmal machten wir uns, von Del Mar aus, auf den Weg nach San Franzisko, mit der Absicht, von dort aus nach Oregon weiterzufahren, wo uns Freunde erwarteten. Schon in Laguna Beach unterbrachen wir die Reise. Klarer Tag, Pastellfarben des Hafens. Wir schauten den Fischern zu, die an Deck ihrer eben heimgebrachten Boote die Fische filetierten und die Gerippe mit Kopf und Schwanz ins Wasser zurückwarfen, wo sie von den Pelikanen erwartet wurden. Bei dieser Gelegenheit fanden wir unsere Annahme bestätigt, daß die den Schnäbeln der Pelikane unten angehängten Beutel zum Transport und zur Aufbewahrung von Beute verwendet werden und nicht, um beim Herumalbern lustiger auszusehn. Was wir nicht erwarteten, war, daß sie diese Vorratskammern für Geheimnisse zu halten schienen, die der Umwelt verborgen seien.

Denn wenn es ihnen gelungen war, die wedelnden Gerippe aus der Luft aufzuschnappen, versenkten sie sie in aller Ruhe in die Beutel, als wäre nichts los und sie würden gerade, um sich an eine Melodie zu erinnern, in abwesender Konzentration den Anfang eines Liedes vor sich hinpfeifen. Wem es aber aus mangelnder Geschicklichkeit oder Nervosität wegen der Zudringlichkeit der rundum schnappenden Genossen nicht gelang, die sperrige Beute rechtzeitig unterzubringen – einem geriet das Gerippe quer in den fest geschlossenen Schnabel, der sich, vielleicht ohne sein Wissen, rechts und links weit zu den Seiten spannte –, dem setzten die andern zwischen den Booten hindurch bis aufs Meer hinaus nach, wobei die Angst diese Flucht in falsche Richtungen wies.

Fast war es peinlich, sie hierbei zu ertappen. Würdig wie von der Börse in Bagdad heimkehrende arabische Geschäftsleute, hatte man sich nicht vorstellen können, daß sie derart kämpfen müßten. Im rosanen, hier und dort in Chrom glänzenden Hafenrestaurant dämmerten einzeln an Tischen erschöpfte Personen, die, wegen der kreisrunden Anlage des ganz von Fenstern umgebenen Lokals alle in die gleiche Richtung, manchmal aufschreckend, zu starren gezwungen waren, wo auf einem Glastisch eine Schale mit lädierten Früchten die Mitte des Raumes bestimmte. Wenn neue Gäste erschienen, wendete keiner den Kopf. Einer erhob sich, ließ sich gleich wieder nieder, ein anderer führte die flache Hand übers seitliche Haar, blickte zum Nebentisch, der leer war, man trank einfache Sachen. Keine Gläser, in denen brodelnd die Sonne aufging oder aus denen Miniaturpalmen blühten.

Untereinander wiesen sie eine Ähnlichkeit auf, als hätten sie gestern nacht zusammen das gleiche getan und erholten sich jetzt eine Weile, ohne sich schon weit voneinander entfernen zu dürfen, da sie bald zurückkehren müßten. Vielleicht war die Arbeit dort heiter, auf jeden Fall wollte man sich danach nicht sehn. Pelikane, die vor den Fenstern kämpften, kannten sie schon. Als wir gleich nach der Ankunft in San Franzisko mit unsern Freunden telephonierten, um zu melden, daß wir, wie verabredet, in ein paar Tagen in Oregon eintreffen würden, nahmen diese, die beide ans Telephon kamen, mit Worten, die Verlegenheit erkennen ließen, als könnten sie etwas uns Betreffendes nicht aussprechen, die Einladung zurück.

Die lange Reise hatten wir aber praktisch ihretwegen angetreten, wobei wir den Zufall des Festes in San Franzisko als eine angenehme Unterbrechung der Reise begrüßten. Nun besprachen wir diese große Enttäuschung bei einem Spaziergang in einem um uns auf- und absteigenden Park an der Nordküste der Stadt, in dessen Mitte sich zu entfernter Höhe makellos weiß ein von zahlreichen Säulen gebildetes Ensemble erhebt, das man dort den Palast der Schönen Künste nennt.

Als Kind hätte man gedacht, in diesem Palast, dazu sei er da, würde eine königliche Person etwas Kostbares verteilen, was man nicht erraten konnte, aber nicht einmal für Erwachsene gab es dort etwas anderes als eine Versammlung von Säulen, entworfene Leere, ein Palais zum Draufzu- und Hindurchgehn. Dieses Haus war die es umgebende Luft, ein sehr glückliches Haus, das kein Gast betrat, ohne es schon zu verlassen, kein Waxmann, kein Fräulein Wachtmeister konnten uns hier vertreiben. Auf Wiedersehn! war die Begrüßung, Herzlich Willkommen! der Abschied. Im Hotel, den langen Teppich hinunter zum Fahrstuhl, es war später Nachmittag, immer wieder an Hotelzimmern vorbei, deren Türen zum Gang hin geöffnet waren, um den auf Stühlen und Betten eng beieinandersitzenden chinesischen Besuchern mehr Platz zu bieten für die Mahlzeiten, die sie hier offenbar improvisierten, Dorfgemeinschaften, die alle auf einmal sprachen.

Im stillen Lift hinunter zur Lobby, wo uns Lawrence erwartete. Dort, auf einer flachen Leiter reparierte eine Dame einen Defekt an der elektrischen Leitung des gleich unter ihr befindlichen falschen Kamins. In die Hände klatschend, als es gelang, stieg sie die zwei Treppchen die Leiter hinunter, das rotgelbe Wachspapier drehte sich wieder vor der Lampe, und ich konnte mir im Moment einen schöneren Kamin, wenn ich aus der Kälte nach einer Reise hier einträfe, nicht vorstellen. Auf also zur Feier! Welcher Feier? fragte uns Lawrence. Die Feier, zu der Du uns am Telephon eingeladen hast! Als beim hastig arrangierten Ersatzfest, zu dem Gäste wie zur Arbeit erschienen, um uns herum immer mehr Teilnehmer immer langsamer sprachen, traten wir in einem raschen Entschluß die Heimreise an nach Del Mar, fanden aber zu unserm Entsetzen, als hinter der scharfen, den Cuchara Drive steil emporführenden Kurve unser Haus in Sicht kam, das wir bald verlassen mußten, daß also – hier bremste ich scharf und brachte den Wagen zum Stehen –, daß zwei Fremde, die wir erst nach längerer Beobachtung durchs Feldglas als neblig vergessene Bekannte ausmachten, die uns vor Jahren schon einmal auf ihrer Amerikareise mit einem Besuch überrascht hatten: daß also zwei fremde Menschen in unserem Garten arbeiteten.

Auch damals hatten sie mit der Bestimmtheit, mit der man an Gesetze erinnert, die Ansicht vertreten, das vor dem Hause gelegene Territorium bestimme das Gesicht des Hauses – hierüber herrsche, wie sie dringend darlegten, in ihrer Heimat Einverständnis –, während ich selbst vor dem Haus gar keinen Garten, sondern, hart am Straßenrand, eine himmelhohe Mauer, oder, noch besser, fensterlose Hauswand bevorzuge, da doch schon gegen ein Haus spricht, daß man es sieht. Ihre Straßenkleidung hatten die Gäste auch diesmal bei der Steintreppe abgelegt und arbeiteten in Schwimmanzügen. Durchs stille Glas, das die Arbeitsgeräusche der Gäste nicht heranholte, gewannen ihre Verrichtungen die Würde der Pantomime. Ein hagerer Mann hastete mit völlig bewegungslos gehaltenem Oberkörper, Eimer in Händen, hin und her, aus der Ferne gesteuert. Eine blonde Frau mit rund zusammengelegtem Zopf mühte sich mit einem Schubkarren ab; schlohweiß der Mann im Gesicht, Frau krebsrot.

Wir saßen flüsternd. Die Hunde, die sich in der Kurve, die sie erkannten, erwartungsvoll aufgerichtet hatten, faßten Verdacht. War es die Auflösung der vorigen Stille, Heulen des Rückwärtsgangs, den ich eingelegt hatte, jedenfalls schlugen die Tiere laut an. Erst nach einiger Zeit konnten wir sie beruhigen.

Schweigende Fahrt über Rancho Santa Fé, Escondido nach Julian. Wie lange würden uns die Gäste noch erwarten? Ob sie die Flucht bemerkt hatten? Uns bei der Heimreise auflauerten? In Seitenstraßen? Vor dem Rückflug in ihre Heimat, wo wegen Überfüllung die Hälfte der Einwohner jeweils auf

Reisen geschickt werden mußte, noch einmal vorbeischauen würden? Aus der Herberge hinter Julian, wo wir uns einquartierten, Anruf bei Mr. Parks: Die Gäste aßen im Auto, blickten gerade in diesem Moment hin zum Fenster von Mr. Parks, der das Gespräch abbrach.

Wir waren müde. Wir waren in zehn Stunden die Strecke nach Süden durchgefahren, eingekeilt in die Kolonnen von Wohnwagen, die ziellos das Land durchkreuzten, gesteuert von alten Menschen, die wir, als wir hier eintrafen, auf den Veranden ihrer weißen Holzhäuser auf Schaukelstühlen altern sahen. Nun ratterten sie, eingeschlossen in vibrierendes Blech, den Abenteuern der nächtlichen Stellplätze zu, die Männer unrasiert, die Frauen mit blauem Haar. Uns wurde in einem Motel bei Lakewood – wo es weder einen See noch einen Wald gibt –, der Hunde wegen, die man von der Rezeption aus im Auto sitzen sah, ein Zimmer verweigert, was einen Herrn, der eine Mütze verkehrt herum auf dem Kopf trug, zur hingeflüsterten Bemerkung veranlaßte, daß aber andererseits hier Personen jeglicher Erscheinung übernachteten.

Wir hätten das Zimmer dringend benötigt. Einmal, während der langen Fahrt, in Kramer Junction, einem Truck Stop, wo endlos die bunten Waggons der Güterzüge der Southern Pacific Rail Road von Los Angeles nach Las Vegas die 395 überqueren, waren wir in einen Sandsturm geraten, der über der ganzen Hochebene den Tag verdunkelte und Autos blind herumtaumeln ließ, zwischen denen die losgerißnen, ausgedörrten Wüstenbüsche als riesige Bälle tanzten.

Wir beschlossen, die Woche in Julian noch zu verweilen. Am Tage darauf, bei einem Spaziergang in den teils hügeligen, teils steil in die Wüste abfallenden Bergen um Julian bemerkten wir auf einer entfernteren Anhöhe einen Mann, der zwischen Felsen herumkrabbelte und uns über Canyons und Gräben hinweg zuwinkte in einer Weise, die dringende Not anzeigte. Ein naßkalter Wind blies von den Bergen und die grauen Regenwolken zogen in das Tal hinein. Ein paar Schritte setzten wir unsern Weg fort, bis wir stehenblieben und dem Mann durch Schwenken der Arme und Rufe zu verstehen gaben, daß wir uns in seine Richtung auf den Weg machten.

Bald kam er uns schon entgegen. Zu unserer Erleichterung schien er ganz wohl, sein leicht zuckendes Lächeln ließ Not nicht vermuten. Er führte uns zu seinem Haus, wo die Mutter, während sie uns herzlich begrüßte, Schürze und Rock lüftete und aus einem darunter befindlichen Täschchen den Schlüssel zu einem durch mehrere Zimmer hindurchgebauten Schrank hervorbrachte, in dem sie, neben dem Silber, das dort eng nebeneinander aufgestellt war wie eine Gruppe von Flüchtlingen, den Whisky verschlossen hielt, der nur getrunken wurde, wenn Gäste erschienen, wofür der Sohn sorgte.

Sie zeigte auf unsern Freund, der servierte: Mein Charlie liebt Gäste, immer hofft er, daß es einmal Reisende aus Irland sind, die den Weg zu uns finden, vielleicht sogar aus Cork County, wir liegen weit ab. Als wir den Berg heruntergekommen waren und später unten am Fenster saßen, den Berg vor Augen, und die Stelle fanden, wo er, wenn man ihn als Gesicht sähe, Augenbrauen hätte: über Felsen quellendes Grün, und von dort einzeln erinnerte Bäume, Brokken verstrickt im Bart, da hatte der Berg etwas Rührendes, als hätten wir ihn im Stich gelassen, er müßte beschützt werden, obwohl wir das doch nötiger hätten.

Um es zu verstehen, gingen wir jeden Tag auf den Berg, behandelten ihn also als den einzigen vorhandenen Berg, den man mit sich selbst, nicht mit andern vergleicht, wie man in einer Stadt, wenn man den Mut hierzu hat, nach Ankunft in einem Zimmer auf einem Stuhl einen Monat lang in einem Buch liest – mehr Kraft hat keiner –, ehe man später in Gegenden vordringt, wo die andern schon waren.

Der Aufstieg begann nie an einer sichtbaren Stelle. Hätte ein Freund, der selbst nicht mitkam, an der Stelle, wo, seiner Ansicht nach, während er uns beobachtete, unser Aufstieg begann, vom Tal aus in unsere Richtung einen ermunternden Zuruf vorgehabt, er hätte oft zögern müssen, er sah höchstens, daß wir dort liefen, wo die Stämme sehr hoch, einzelner standen und es hallte, wenn wir sprachen, oder wir ruhten auf einem krummgeratenen Baum im summenden Schatten, der Aufstieg wurde erst sichtbar, als ihn keiner mehr sah.

Vielleicht fing der Berg zu jeder Tageszeit woanders und etwas früher an, als wir wußten. Vorn gingen die Hunde oder vielmehr sie durchkreuzten die gedachte Hauptrichtung, blickten von erfundenen Seitenwegen her zurück zu uns und warteten, ob sie richtig vermutet hatten? Hierbei Erstarrung in sofortige Bewegungslosigkeit, offen gehaltenes Engagement in irgendeine Richtung und daher Verkürzung der Entfernung zu jeder Notwendigkeit. Dann Seitenblick, und sie warfen sich einer anderen Sache nach. Manchmal zögerte einer noch, untersuchte, ob an der Stelle etwas übersehen worden sei?

Nach einigen Tagen, wenn wir, aus einer neuen Richtung näherkommend, endlich etwas wiedererkannten, probierten wir Namen, die wir aber, dem Berg zuliebe, wieder verwarfen: Harfe, Hotel, Oberes Paradies; flaches Terrain, gefiltertes Licht, zartere Bäume, bis hin zum Graben, der sich zwischen Vorberg und Berg unter Gehölz hinzieht. Eine Art Enfilade mit hintereinander aufgereihten, lichten Salons, gut zum Ausruhn, leicht zu verteidigen, bis zum dunkleren Platz bei der Paßstraße.

Von hier aus, wo der Berg verwundbar war, arbeiteten wir uns langsam zu seiner anderen, unbekannten Seite hin. Wir hatten den Berg früher nur vom See her in wiederkehrenden Kreisen erstiegen, die insgesamt in einem einzigen Bogen zur gleichen Mitte hinführten, wo wir, da wir erschöpft waren, uns damit trösteten, es sei die höchste Stelle, und wenn es eine höhere gäbe, wäre es unnötig, sie zu besuchen, denn von hier aus, einem Plateau ohne Halt, war in Gegenrichtung des Sees, der tief unter uns lag, eine unentschieden ansteigende Fortsetzung sichtbar in nichts als den Himmel, steinige Glatze.

Es war, wie wir erst spät bemerkten, die nur von anderen Bergen her sichtbare, nicht zugängliche ernste, bleiche Seite des Berges mit riesigen, halbrunden Steinen von unnatürlicher Regelmäßigkeit, makellos gewölbt, die aber nicht einfach herumlagen: von einem Artisten aufgeräumte Natur. Der Berg hatte sich hier nachgemacht, ohne Zutun von etwas, er war seine eigne, sprachlose Wiederholung. Losmarschieren mit ihm, lange nichts sagen?

۵۰

Vor der Rückkehr nach Deutschland fuhren wir noch einmal, das letzte Mal, die Küste hoch zu Carola, der Witwe des Mannes, den ich nach Meinung eines Professors, dessen Namen ich vergessen habe, durch einen Tischsprung enttäuscht haben sollte. Es war eine traurige Reise.

Die Straße führte nördlich von San Francisco in eigensinnigen Windungen den Russian River entlang. Carola wohnte in einem kleinen, verwöhnten Ort, der eigentlich nur aus einer kurzen Straße bestand. Ihr Haus war schmal an eine Waldböschung gedrängt. Ihre Hausdame, eine große Schwedin mit links und rechts lose hängenden Zöpfen, die sie verbreiterten, öffnete uns die Tür. Bei der Zubereitung des Kaffees, den die Hausdame kalifornisch servieren wollte, was Carola, trotz ihrer langen Abwesenheit von Deutschland, noch immer nicht duldete, kam es zu höflichen Streitereien. Die schwache, durchsichtige Carola drängte sich am Herd neben die schwere Schwedin und bereitete vor unsern Augen trotzig einen ganz andern, zweiten Kaffee zu, so daß uns aus verschiedenen Kannen serviert wurde.

Als uns im Wohnzimmer, im entscheidenden Moment, Carola auf dem Sofa die Plätze anwies, ließ sich von oben, wie eine zugeworfne Last, die Schwedin zwischen uns nieder und versperrte die Sicht auf die zarte Carola, deren Profil wir noch, wenn wir blitzschnell, Kopf aufs Knie gelegt, am Körper der Hausdame vorbeiblinzelten, ausmachen konnten, zum letzten Mal.

Breitschultrig, blicklos, lippenlos, nach Ankunft in Deutschland, in einem Park beim Flughafen, verstellten uns Frauen, der Hunde wegen, die sich nach 20stündiger Reise einem umzäunten Spielplatz genähert hatten, auf welchem, vor den Augen ihrer hierzu schwächlich lächelnden Väter, bunt explodierende Kinder mit gellenden Schreien sich als Geschosse besprangen: verstellten uns also mit in die Richtung, aus der wir gekommen waren, an uns vorbeischießenden Armen den Weg.

Glücksgefühl, als der Zug zur im Kursbuch versprochenen Zeit lautlos aus dem Bahnhof herauszuschleichen beginnt, da freut sich der Kaiser. Wegen eines Signals, das auf Rot steht, auf offener Strecke haltender Zug. Es zirpt. Im Gras Wind. Benommenheit auf dem Sofa an einem Sonntag der Kindheit. Tisch in Kinnhöhe vor uns. In der Zeitung Ehrung verdienter Jubilare.

Nach Einfahrt in einen Bahnhof Erstürmung des Zugs wie im Krieg. Im Gang Promenade zahlreicher Passagiere in lilagrün geblähten Pyjamas. Erhitzte Gesichter, als stünden Eruptionen bevor. Angstwiderspruch der Knabenfrisuren der Frauen, bronzierte Gesichter. Unerwartet wie ein Posaunenstoß das Schneuzen eines Mannes in unserm Abteil, aber niemand blickt auf. Ein verwendetes Streichholz legt er in die Schachtel zurück, der er es entnommen hatte. Hierbei, beim behutsamen Aufschieben der Schachtel, von oben versuchter Blick in die Schachtel hinein und von dort nach oben, zur Unterseite der Oberseite der Schachtel, wegen möglicher Veränderungen dort?

Draußen winzige, weiße Villen hinter kniehoch gekreuzten Zäunen. In Autoreifen eingelassene Blumenbeete. Fortstoßen von Bällen durch Männer in Turnhemden beim Bahnhof von Uelzen. Geruch von Öl in der Nähe eines Mannes, dem ein großes Werkzeug quer über die nackten Unterarme gelegt ist: Stehe mit Werkzeug in Halle! Frauen mit Lasten, in ihrer Vorwärtsbewegung behindert, von hinten gestoßen. Herr im Lodenmantel, mit Spazierstock und ihn schützend umkreisender Frau. Im Gesicht Schwäche wie nach Lektüre von einem Gedicht. Am Bahnhofsvorplatz ein Motorrad mit Beiwagen. Der Fahrer spricht seitlich nach unten mit der Beifahrerin, die sich anhebt, um ihn zu hören. Beide in handschuhgelben Lederkappen. Ein Schwerbeschädigter, im motorisierten Dreirad unter einer Lederbedekkung fast liegend wie auf dem Diwan, fährt die Bordkante entlang und hat auf dem Kopf einen Sturzhelm.

Mit dem Freund, der uns abholt, die schnurgerade Landstraße abfallend auf eine Allee zu, deren dicht beieinander angelegten Bäume über der Straße gewölbt zusammentreffen. Flug durch den Tunnel, grün. Geblendet zurück in die helle Landschaft. Mein Freund: Du mußt mir erzählen, was hier passiert ist, hier verwehn die Geschichten, der Sommer verdorrt sie, und was der Herbst nicht hinwegfegt, ersäuft uns der Winter.

Wieder die vielerinnerte Kreuzung auf der Strecke von Uelzen nach Gümse. Seufzen der Bremsen der Lastwagen, keine Rettung, keine Not. Später, im Café eines Hotels für Kurgäste in einem Waldstück kehren wir ein. Hunde flach am Boden, wie zwischen die schweren Seiten eines Albums gepreßt. Um uns herum Aufeinandertreffen verwegener Damen unter wolkigen, puderblauen, auch japanisch grünen Hüten, zackige Segelschiffe. Wie konnte man als Kind dieses fürchten? Insgesamt Feldlager, flüsterndes, schwadronierendes Lagern einer starken Anzahl dänischer Admirale. Likörgläschen behutsam zum Mund geführt.

Mein Freund: Die Geschichten, die hier passieren, stürzen zurück in die verwinkelten Städte oder fangen sich in kleinen, wechselnden Landschaften, in denen sich Abenteuer verstecken, Gold und Geschichte, und die uns aus der Finsternis eines Waldstücks herausregnende Husaren, Liebhaber, Ideen bescheren, in kurzen Tälern verborgne Herbergen, sichtbar erst Sekunden, ehe der Widersacher sie erreicht und nicht Tage vorher am Horizont schon erkannt. Dagegen hier, bei uns, beißt Geschichte nicht an, und erzählen, was hier passiert, kann nur, wer, die Geschichte, die er erlebt hat, in Händen, schnell wohin rettet.

Vorsichtig später die schmale Auffahrt zum Schloß, vorbei am goldenen Gitter in die runde Auffahrt des Schloßhofs hinein. Hunde erheben sich bei der Pforte, fallen dann aber auf ihre Plätze zurück. Hunde und Könige, mein Freund, brauchen Ideen, sonst wäre den ganzen Tag über nichts los. Zart an ein Gras herantreten, um dort eine Auffälligkeit noch einmal zu überprüfen, oder über die Koppel zum Teich, vielleicht bewegt sich dort was? Knurrend Erde aufwerfen? Gold in die Luft schleudern, auf einem Stück Papier aufgefangen verzieren? Oder unschlüssig herumstehen oder liegen, wie mein in Erwartung einer Mahlzeit hier antichambrierender Hofstaat – er zeigt auf die Wiese –, und wirklich, da liegen sie, einige platt, grau, wie Flundern, einige richten sich auf.

Zwei Monate nach unserer Ankunft in Deutschland fuhren wir an einem heißen Sonntagnachmittag im offenen Wagen von Grabow nach Gümse, als wir auf der staubigen, links und rechts von weit sich hinziehenden Feldern gesäumten Landstraße zwischen Weitsche und Soven einen kleinen Trupp marschierender Soldaten vor uns erblickten, bis uns einfiel, daß es deutsche Soldaten waren, denn wir lebten in Deutschland. Sie marschierten mit leichtem Gepäck, in lockerem Schritt, und vor ihnen trug einer eine Fahne, die ich im Freien noch nie hatte tragen sehen. Sie sah selbstgemacht aus, vielleicht, weil sie an einen groben Stecken etwas schief befestigt war. Beim Überholen auf der engen Straße die Fahrt verlangsamend, winkten wir hin und zurück, paar riefen. Dawn drehte sich noch einmal um. Zögernd abgebrochenes, schwaches Winken.

Minuten später, bei der Ankunft in Gümse, hatten wir wegen der Fülle von zugleich um uns sich entwikkelnder Abenteuer und Aufregungen keine Gelegenheit, von den Soldaten mit der Fahne zu berichten. Eben holperte ein hoher, geschloßner Lastwagen, wie man sie zum Transport von Tieren verwendet, in den Hof hinein, und nach Öffnung der beiden hinteren, silbernen Türen tappte im Wikingerhelm ein riesiger Mann mit langem, gelblichen Bart die zwei Treppchen hinunter, stand schwankend auf der Erde. In der Hand hielt er einen zum Stecken gestutzten, starken Ast, an den er sich, da er blind war, klammerte. Als vom Hudson Valley stammender König der Wikinger namens Moondog hatte es ihn zum Rhein getrieben, den er hier, beim König von Böhmen, vermutete.

Geschwind erklärt uns ein Lehrer, daß die Wikinger aus dem Norden gekommen seien, als Normannen, was auf deutsch Männer aus dem Norden bedeute. Hierbei Durchmessung des Saals mit dem Schritt, den er für geflügelt hält, die Augen zum Horizont gerichtet, ohne dort je etwas zu erblicken, was er nicht längst schon kannte. Nachdem man den klirrenden König zu einem Sessel geführt hatte, erhob sich zum Vortrag eines von einer Dichterin verfaßten Begrüßungsreimes ein Nachbar, häßlich wie ein Buddha, der aber in falscher Parteinahme für die Verfasserin seine Stimme so hochschraubte, daß die Hunde, die Angstschreie zu hören vermeinten, bellend gegen ihn vorgingen.

Beim Essen, das plötzlich an der langen Tafel hinter dem Nebenhaus aufgetragen wird und zu dem Gäste in Schwärmen wie Heuschrecken von überallher sich niederlassen, lernen wir einen Schauspieler kennen, der lautstark das Verschwinden antikommunistischer Filme, in welchen er Kommunisten seit Jahren darstelle, beklagt, was ihn brotlos gemacht habe, und ruft mit erhobener Faust Rot Front! über den Tisch hinweg. Schweigen, dann Gelächter. Einem uns gegenüber sitzenden, zierlichen Mann in Lodenkleidung, Knickers, der sich beim wegen Bauchmuskelschwäche scheiternden Versuch, steif wie ein Reiter zu sitzen, jedenfalls eine Pfeife anzündete, ist gestern nacht Buntwild über den Weg getreten.

Die Eröffnung dieses Themas war uns willkommen, da es in Bahnen zu lenken schien, die es uns ermöglichen könnten, unsere Soldatengeschichte vorzutragen. Während man an der Tafel auf eine Weise verstummte, die nichts Gutes verhieß, erzählten wir von der Begegnung mit den Soldaten, die eine Fahne trugen wie in einem französischen Sommerfilm, und bemerkten nun die Verdunklung der Gesichter der Freunde. Schreckliche Stille. Fräulein Wachtmeister erlitt einen Hustenanfall, aber als ich zu ihm hinüberschaute, stellte es sich heraus, daß es lediglich lachte. Gehaucht: Wir Friedensfreunde! Geschriene Schimpfe. Rest nicht erzählbar.

Flucht mit den Hunden aufs Feld, Wut, dünnstimmig, erstickend, dann wieder aufgenommenes Geschrei noch im Ohr. Auf einem schmalen Grasstreifen bei einem Acker trafen wir eine Dame wieder, die wir bei unserer Ankunft schon kennengelernt hatten. Ihrem Mann, der auf dem Land, das er gepachtet hatte, arbeitete, hatte sie einen Korb mit Essen zubereitet. Als er uns kommen sah, brachte er seinen Traktor zum Stehen und sprang zu Boden, wo er sich unsicher vor uns bewegte, als versuche er, links oder rechts seitlich an uns vorbeizugelangen, was wir geduldet hätten. Aus dem Korb holte die Frau große, monographierte Servietten hervor, dann Brot, Eier, Pickles, Oliven, auch Trauben, hierzu Bier.

Auf unsere Frage, was ihn in diese Gegend verschlagen habe, entgegnete er: In Gesellschaft bangte ich um meine Stimmung, die Wünsche sind grob. Mitten in einem Fest, in der Sommerhitze der Stadt, als draußen ein Gewitter losging, traten wir aus dem Haus in den erfrischenden Regen und spazierten durch diesen Regen praktisch aufs Land. Ob er die Unterhaltungen der Stadt nicht vermisse? Sicherlich, er stellte sein Glas ins Gras, wird es hier langweilig. Aber wir hatten den herrlichen Einfall, sämtliche Bücher unserer Bibliothek auf einem großen Tisch auszubreiten, wir setzten uns einander gegenüber und lasen gegeneinander, immer nur stellenweise, aus einem Buch wie dem andern. Wir waren in guter Gesellschaft, wo es ja auch unschicklich ist, irgendeine Materie zu lange fortzusetzen oder etwas gründlich erörtern zu wollen. Manchmal lesen wir nach einer Sanduhr, die in paar Minuten abgelaufen ist. Schnell dreht sie der andre herum und fängt aus einem Buche zu lesen an, und kaum ist wieder der Sand im unteren Glas, so beginnt schon wieder der andre.

Nebeneinander saßen wir abends am langen Tisch, wie einst Ritter saßen. Pfeifen entzündet, Hund schlief am Boden, im leeren Kaminzimmer zur Linken, dessen Tür offenstand, Licht, auch in der Bibliothek rechts von uns. Wenn das Bier alle war, trug der

König von Böhmen die leeren Flaschen in einem hölzernen Kasten, der mit einem eleganten Tragegriff versehen war, nach draußen und kehrte mit neuen, kühlen Flaschen ins Haus zurück.

Da saßen wir nun und hatten zunehmend Hunger, man vermied es hier, Nahrungsmittel zu erhitzen, noch überhaupt sichtbar werden zu lassen. Da es aber angenehm war, dort zu sitzen, und da es in weiter Umgebung zu essen nichts gab, es sei denn, man hätte auf der nächtlichen Landstraße Reisende ihrer Nahrung beraubt, sah man sich gezwungen, bei angeblich notwendigen Gängen nach draußen in die frische Luft, listig vorher in Handtaschen, unter dem Vordersitz des eigenen Wagens, in einem in der Garderobe geschickt abgelegten Hut, auch frech auf Schrankkanten, an denen man vorbeigehend hochgriff, Schmalzbrötchen, Wurststücke, Biscuits usw. raubtierschnell zu verzehren, wobei allerdings Hofleute, in der Furcht, hierbei entdeckt zu werden, keuchend vom schnellen Verzehr herumtorkelten, Klügere, statt zu schlingen, noch eine Weile leise, mit ablenkenden Begleitgesten weiterkauend in den Saal zurückkehrten. Der gutmütige Gastgeber, der diese in der Grafschaft allgemein bekannten und detailliert erörterten Vorgänge eines Abends plötzlich bemerkte, rief: Ich habe Hungrige eingeladen!

Was nun seine Gemahlin anging, so einigte man sich auf die These, daß ihr dies alles bekannt sei, daß sie aber zur Vermeidung gastgeberischer Ungelegenheiten ihr Wissen zurückhielt.

Inzwischen hat man sich daran gewöhnt, daß das Herrscherpaar, wenn die Zahl der Gäste ein halbes

Hundert übersteigt, das Schloß leise räumt, um in der Umgebung Fuß zu fassen. Man hat beim Verlassen des Hauses das glückliche Paar von außen noch einmal an eines der Fenster treten und beim Anblick der hungrigen Gäste, deren versteckte Vorräte erschöpft sind, einander zulächeln sehen, antik dort.

Wann Fräulein Wachtmeister sich zu dem durch verständlichen Wunsch nach Vergrößerung ihres Lebensraums begründeten Entschluß, ihrem Hause, in welchem ihr ein gutes Dutzend Zimmer zur Verfügung standen, zusätzlich das uns vor Jahresfrist unter freundschaftlichen Umständen vermietete Haus mit seinen drei Zimmern hinzuzugewinnen, so daß sie jetzt seltsam gekrümmt zwischen diesen beiden und andern, mürrisch betreuten Immobilien hin- und herhastet, hier und dort Büsche rupfend, durchgerungen hat, wissen wir nicht. Jedoch war der Zeitpunkt für mich unglücklich gewählt, da ich – mit dem geforderten Auszug schon einverstanden –, als sie eben ihre Expansionsmaßnahmen mit der Unwiderlegbarkeit eines Donnerschlags, der die ängstliche Gegend erzittern ließ, verfolgte: indem ich also zur Zeit des geforderten Auszugs mich drei Monate lang in meinem Bett nicht einmal umwenden konnte, da ich am Rücken operiert werden mußte, also nicht zu ihr hinkriechen konnte in der Hoffnung auf Gnade.

Nur von kopfschüttelnden Ärzten, denen Nachrichten übermittelt wurden, erfuhr ich von den direkt vor Dawns Augen ungeniert betriebenen Vorbereitungen ihres Einmarsches. Auch erhielt ich dort Nachricht vom Tod unseres zweiten Hundes, der morgens tot in der Küche lag. Ein guter Nachbar hat ihn abgeholt und begraben – eine Arbeit, die natürlich mir zugestanden hätte.

Während nun bei mir der Chirurg mit dem Messer ans Bett trat, fand Dawn im Haus, wenn sie heimkehrte, Meßlatten, Stoffproben, mit Tüchern verhüllte Bauernschränke usw., die die Friedensfreundin in vorbereitender Umgestaltung des Hauses oder zum Erschrecken dort hinterließ. Einige von ihr im See ausgesetzte künstliche Enten, die echte anlocken sollten, wurden von den Hunden an Land gezogen und so übel zugerichtet, daß wir sie ersetzen mußten. Aber das war nach einem fröhlichen Jahr der letzte lustige Vorfall.

Es war schwierig, dies alles zu begreifen, da das Fräulein fast täglich mit ihrem Fahrrad vorm Küchenfenster erschienen war, um allerlei Beeren, Riesenradieschen, die sie selbst gezogen hatte, Einlegegurken, Flieder usw. hereinzureichen. Ob sie, in der Minute unseres Einzugs ins Haus, vielleicht provoziert durch einen hineingetragenen Löffel, ihr Angebot bitter bereute und dann ein Jahr dazu brauchte, dies anzuzeigen? Oder war es ein Übermaß an Freundlichkeit uns gegenüber, das sie erschöpfte? So daß sie, verlegen und scheu, sich entschloß, so zu tun, als vertreibe sie uns, während sie in Wirklichkeit nur ein gesundes, nüchternes Verhältnis zwischen uns herstellen wollte?

Jedenfalls, daß es tödlich ernst wurde und wir begriffen, daß ich sehr lange vor der ärztlich verordneten Genesungszeit das Haus räumen und wohnungslos aufbrechen müßte, wurde mir mit Entsetzen klar, als ich in meinem kleinen Weinkeller, draußen, vor den in Blei gefaßten Fensterchen, die den empfindlichen Wein vor Hitze und Licht durch dichtesten Efeubewachs bewahrten, das mörderische Klappern von Fräulein Wachtmeisters Schere vernahm, die so meine Flaschen gefährdete: wir befanden uns unter Wilden.

Der von den Schönheitsvorstellungen der Provinz inspirierte Anschlag verdunkelte uns das Bild dieser Landschaft. Der Schwindel des Sommers, jubelnd begrüßt von den Hausmeistern der Welt, vermondete den stinkenden Teich, der zu Pfützen schrumpfte, in deren Rändern Fische silbern verzuckten. Noch zog der Nachbar Thrun Aale aus dem Boden heraus, der schon hart war wie Stein, da riß ein erbarmungsloser, noch immer trockener Sturm die Pappeln in eine rührende Gruppe von Erlen, die wie am Horizont einer Schlacht zerrissen im Himmel sich spalteten und die wehenden Büsche für immer erdrückten, die nun durch hinzugetane, aus Plastik gefertigte griechische Säulen, nachgebaute Tiere, herbeigeholte Täuschungen ersetzt sind. In welche Richtungen wird das Fräulein sich ausdehnen? Wo bergauf, bergab die Mark durchstampfen?

Endlich verließen wir die fremde, traurige Gegend.